COLLECT

Jean-François Beauchemin

Le roitelet

Gallimard

Jean-François Beauchemin est écrivain depuis vingt-cinq ans. Tous ses livres, dont plusieurs ont été récompensés de prix prestigieux, interrogent l'âme humaine, s'étonnent de la vie de l'esprit, s'émerveillent de l'activité des sens, s'émeuvent de la beauté du monde. *Le roitelet* est son vingt-troisième ouvrage.

Même quand l'oiseau marche
il sent qu'il a des ailes.

Antoine-Marin Lemierre,
Œuvres

1

Il avait à peine treize ans (et moi quinze) lorsqu'il a sans le savoir planté les premières bornes de son terrible destin. Sur la ferme où on nous avait confié la tâche de ramasser les œufs et de distribuer le foin, une vache que nous connaissions bien s'est écroulée un matin sous nos yeux, prête à accoucher. Restés seuls sur les lieux en l'absence du fermier, mon frère et moi avons dû préparer nous-mêmes, dans une totale improvisation, la mise au monde du veau.

Un attroupement de vaches agitées et pour tout dire assez inquiètes s'est formé autour de nous trois. Roméo, l'âne chargé de l'entretien des espaces verts, s'est joint au groupe de curieuses. Les poules pondeuses les plus sensibles sont venues aussi, et, se faufilant entre les pattes des bovins, ont assisté avec beaucoup d'émotion à la scène. Les contractions n'étaient à présent plus espacées que d'une ou deux minutes. Puis la poche amniotique s'est rompue, et les premières eaux se sont répandues sur la paille. Déjà, les pattes antérieures et la tête du petit affleuraient par l'ouverture pelvienne. Ma théorie est que c'est à ce moment crucial qu'a basculé l'existence de mon frère. La mère en plein travail tournait la tête vers lui pour se faire consoler de tant de douleur. De son propre aveu, c'est une espèce d'instinct, ou de désespoir teinté d'espérance, qui l'a poussé alors à se saisir des pattes et à tirer. Ses efforts, conjugués à ceux de la vache presque parvenue au bout de ses forces, ont provoqué en moins d'une minute l'expulsion tant attendue. Le fœtus ayant complètement franchi le passage, le cordon s'est brisé et le petit animal étonné s'est mis debout. Je sais bien que mon esprit mélange tout, et brouille les pistes. Mais je crois entendre encore à ce jour les applaudissements nourris de tous les animaux présents dans la grange avec nous ce matin-là.

Le fermier a reparu, et a pris les choses en main pour la suite. Mon frère et moi sommes revenus le soir même dans la grange pour nous assurer que le petit et sa mère se portaient bien. Une bouleversante expression de gratitude se lisait sur le visage de celle-ci. Nous sommes restés longtemps tous les trois à observer les quelques étoiles visibles par une fente du toit. Il me semblait que ma vie s'éclairait, que la naissance à laquelle j'avais participé de si près m'aidait à prendre ma mesure, à établir un ordre de grandeur quant à la place que je me préparais à occuper dans le monde.

Mon frère n'était pas aussi confiant. Je sentais la présence en lui d'une menace, d'un traumatisme naissant. L'adolescence est une période de remodelage du cerveau : le programme de maturation qui bientôt fournira les codes de l'âge adulte fait l'objet d'importants bouleversements. De nouvelles connexions neuronales se mettent en place, tandis que d'autres s'évanouissent. Des *accidents* se produisent, paraît-il, lors de cette grande période de reconfiguration, qui rendent certaines jeunes personnes particulièrement fragiles inaptes à gérer les situations émotionnellement éprouvantes. Cette nuit-là en tout cas, dans sa petite chambre jouxtant la mienne dans la maison familiale, j'ai entendu mon frère sangloter au creux de son lit. Le lendemain, les premiers signes de sa vertigineuse descente se manifestaient.

2

Puis, un beau soir, j'ai poussé la porte du jardin et je suis moi aussi devenu quelqu'un d'autre. Je ne sais pas bien comment expliquer cette métamorphose, je sais seulement que dans l'allée j'avais une certaine identité, et une fois dans le jardin je ne me suis plus reconnu : mon caractère tout à coup s'est modifié et je suis devenu moins insouciant, plus préoccupé de l'avenir et, surtout, hanté par l'image fantomatique de mon frère. J'avais quinze ans, et soudainement je n'étais plus avec les oiseaux comme l'un des leurs, à partager dans le petit boisé leur habitude de rayer le ciel avec des craies de couleur. Du jour au lendemain j'ai commencé à ne m'intéresser qu'aux gens ordinaires, à ceux qui passent dans cette vie sans qu'on les remarque, à ne visiter sur les fermes avoisinantes que les vaches les plus solitaires, à vivre plus ou moins en retrait des choses et du Monde. Malgré les remontrances de mes parents je restais seul très tard devant le feu de camp à rechercher dans la lueur tremblante des braises une palpitation, l'équivalent au moins d'un pâle soleil. Je ne veux pas laisser croire que je me suis transformé alors en une personne sombre, asociale ou privée de son courage. Seulement, au bout de treize années de bonheur partagées avec lui, mon frère était entré depuis peu dans une autre phase de sa jeune existence, infiniment plus tragique, vacillante, obscure et semée de dangers.

3

Au début, ça ressemblait à de la mélancolie. Puis c'est devenu plus sérieux, et mon frère a commencé à se comporter bizarrement, comme si sa personnalité peu à peu se disloquait. Ça n'était pas la simple érosion, normale, que le passage du temps finit toujours par imposer au caractère et aux habitudes. C'était une authentique dislocation en ce sens que son esprit paraissait séparer les uns des autres ses propres éléments autrefois bien emboîtés.

Un soir que nous rentrions à pied par les petites routes de campagne, une crise s'est manifestée, dont je reste profondément imprégné. Un sentiment de lucidité étrange, menaçante, que j'ai appris depuis à identifier, s'est soudainement emparé de lui. Je n'ai plus reconnu, pendant les quelques minutes qu'a duré cette scène effrayante, le jeune homme que je côtoyais depuis toujours, raisonnablement heureux, confiant en ses possibilités et sûr de ses sentiments. Passant en quelques secondes de l'optimisme le plus vrai à une sorte de neurasthénie prophétique, il a eu cette formule à vous glacer les os : « Je suis de moins en moins réel. C'est atroce. » Un fulgurant éclair de compréhension semblait le traverser. Accablé tout à coup, pleurant presque, il s'est ensuite appuyé sur un arbre et a prononcé ces mots funestes : « J'ai cessé d'être tout à fait dans cette vie. Je sens que s'ouvrent devant moi les portes d'un pays terrible, et que j'y suis repoussé comme à la périphérie des choses et du Monde. » À ce moment je me suis dit pour la première fois qu'il ressemblait, avec ses cheveux courts aux vifs reflets mordorés, à ce petit oiseau délicat, le roitelet, dont le dessus de la tête est éclaboussé d'une tache jaune. Oui, c'est ça : mon frère devenait peu à peu un roitelet, un oiseau fragile dont l'or et la lumière de l'esprit s'échappaient par le haut de la tête. Je me souvenais aussi que le mot *roitelet* désignait un roi au pouvoir très faible, voire nul, régnant sur un pays sans prestige, un pays de songes et de chimères, pourrait-on dire.

Une semaine plus tard, tandis que nous nous amusions à sauter du petit quai aménagé sur la rive de l'Étang-aux-Oies, mon frère a éprouvé un bref malaise qui durant quatre ou cinq secondes lui a fait perdre conscience. J'ai vu ce corps déjà vigoureux s'enfoncer comme une pierre dans l'eau bleutée. Quelques mouvements de brasse ont suffi pour le rejoindre. Il ne m'a pas été tellement plus difficile de l'agripper et de le ramener, sain et sauf, sur la plage. Mais les paroles qu'il m'a soufflées à l'oreille dès son retour à la vie consciente demeureront elles aussi à jamais inscrites sur le petit tableau noir accroché dans le fond de ma mémoire : « Pourquoi m'as-tu sauvé ? » a-t-il dit. Et c'était comme si j'avais ramené à la vie un fantôme dont les chaînes allaient tinter, désormais, dans les moindres recoins de ma vie, de ma raison, et derrière chacun de mes pas.

4

Il restait dans sa chambre la plupart du temps. J'allais frapper à la porte et le pressais de sortir un peu, de recommencer à sillonner avec moi la campagne environnante, de se prêter avec la même insouciance qu'avant aux jeux de notre âge. Un inextricable désordre régnait désormais dans cette chambre séparée de la mienne par un mur mitoyen, et de laquelle me parvenait un silence de mort. Avec le recul, je dirais qu'il entretenait cette petite pièce aux rideaux perpétuellement tirés comme il aménageait sa vie intérieure : en y entassant pêle-mêle et au hasard les objets les plus divers, comme pour ajuster son esprit à cette image de chaos que lui renvoyait le Monde, et ainsi atténuer l'angoissant décalage qu'il percevait entre lui-même et la réalité. C'était en somme sa façon de se soigner : non pas en éliminant sa peur, mais en l'alimentant au contraire, et en fournissant en combustible ce feu qui de plus en plus le dévorait, parce que le laisser s'éteindre aurait signifié l'avalement définitif et unilatéral de son cœur par le grand incendie du Monde.

Papa et maman bien sûr se désolaient de tout cela. Ma mère, qui craignait naïvement une sorte d'effet de contagion, venait me trouver dans le jardin ou sous le grand chêne où, à présent, je m'abandonnais à mes rêveries solitaires. Son inquiétude m'émouvait surtout parce qu'elle était mêlée de tendresse. Elle m'inondait de ses directives et me recommandait sans cesse de veiller au bon ordre de mon esprit. « C'est assez de ton frère qui vit avec un pied dans la réalité et l'autre dans ses délires », m'a-t-elle dit un jour. J'aimais sa façon délicate et grave de m'aimer, mais elle me connaissait mal. Comme toujours, elle comprenait peu mon obsession pour l'âme. « À quoi sert l'âme, lui demandais-je souvent, si elle reste impuissante à guérir notre peine ? » Elle s'émerveillait de cette question au fond si belle, mais si vaste qu'elle ne menait nulle part. Elle se contentait de sourire, de pencher un peu la tête et de poser avec une prodigieuse douceur sa main sur mon épaule. Puis, rentré dans ma chambre, j'entendais à travers le mur mon frère qui pleurait, et je comprenais que ma mère avait raison : il n'y avait pas moyen de savoir à quoi servait l'âme.

Aujourd'hui, monsieur Chung, monsieur et madame Vermeulen, mon frère et son patron, le docteur Dumontier, même mon chien Pablo et le chat Lennon, tous me prennent pour un homme introspectif, qui tient son âme en haute estime. Je suis heureux de rétablir enfin la vérité : pour parler franchement, la vie de l'âme libérée de ses liens avec la chair m'intéresse moins qu'on le dit. Ce que j'aime ce sont les gestes, les regards, les sourires et les larmes, les cheveux qui poussent, les pas, les paroles, autrement dit la vie du corps. Rien ne m'émeut davantage que de voir mon frère sourire (ne fut-ce qu'un très court instant), ou de l'observer graisser avec tant de passion dévorante la chaîne de sa bicyclette.

5

Mon père était plus pragmatique, et généralement plus heureux, mais pas moins fiévreux que les trois autres membres de cette famille au milieu de laquelle s'épanouissait son formidable esprit d'indépendance. De profil, son visage vous rappelait vaguement celui du poète globetrotteur Alain Grandbois, auquel j'avais d'ailleurs avec beaucoup de succès initié mon frère. Papa d'autre part était animé d'un caractère peu fait pour les mondanités, le snobisme et les simagrées imposées par la mode. Il pensait par lui-même (ce qui parfois nous jetait dans la plus extrême consternation), et aimait parler de ses expériences personnelles, non par vanité mais parce que rien ne l'intriguait davantage que cette matière humaine si vigoureuse et si volontaire qu'il sentait vivre en lui. Mauvais lecteur de l'âme humaine, il considérait l'état de plus en plus alarmant de mon frère comme une avarie d'ordre purement mécanique, et tentait, avec beaucoup de maladresse, d'y remédier par des moyens parfaitement inefficaces. Une fois, parce que mon frère refusait encore de sortir de sa chambre, mon père avait enlevé la porte. « Il s'enferme ? Éliminons les portes ! J'enlèverai s'il le faut toutes les portes de cette maison ! Dieu du ciel ! Tant que je vivrai, personne ne s'enfermera chez moi ! » nous avait-il déclaré. Ça n'était pas aussi stupide que ça en avait l'air. La preuve, c'est que mon frère a reconnu dans ce geste un peu expéditif un aspect de sa propre pensée désormais si déroutante. Une minute après que la porte eut été retirée de son cadre, il est sorti très docilement de sa chambre. « Parfois, a-t-il dit en passant devant nous, les choses sont d'une horrible simplicité. »

6

Ensuite pas mal d'années ont passé, puis mes parents sont morts et mon frère et moi sommes restés seuls. J'ai cru m'approcher en vieillissant d'une espèce d'état d'accalmie qui me ferait considérer ma vie avec sérénité et satisfaction. Mais, vu de près, c'est complètement différent. Il n'y a pas dans cette vie une seule idée dont je sois convaincu qu'elle demeurera, et je ne suis pas certain en général d'avoir été sur la bonne piste. Tout me reste à apprendre. Ça ne serait pas si vertigineux si je disposais d'une seconde existence et, pourquoi pas, d'une troisième. Mais le temps va me manquer.

Ma mère, dans ce songe que j'ai fait la nuit passée, m'a dit ces choses dont il me faudrait il me semble tenir compte : « J'ai vieilli, puis je n'ai plus habité mon corps. Tu feras de même, que veux-tu. À toi aussi le temps manquera, mais ne t'en fais pas tant. Si j'étais toi, je continuerais en tout cas de bien m'occuper du jardin, de ces arbres que tu as plantés il y a vingt ans, de ce drôle de chien qui n'arrête jamais de réfléchir, et de ce chat souvent plus sage que toi-même. Surtout, veille bien sur Livia. Et appelle donc ton frère plus souvent. »

J'y repensais ce matin en posant ma main sur la pierre fraîche de sa tombe. Je m'habitue à la longue à son absence et à celle de papa, mais je n'arrive pas tellement à me faire au mystère de leur mort. Bon sang, mais où sont-ils passés ? Les réponses que me fournissent les prêtres, les mystiques et les sages me laissent sur ma faim. Leurs théories sont trop sûres d'elles-mêmes, trop pénétrantes, et comme trop pleines de fausse clarté. N'empêche, je me dis que ces pauvres explications ont peut-être un fond de vérité. « Balivernes, tout ça », me répète sans cesse mon frère. Et pourtant, je sens s'agiter en lui des ombres et vivre des fictions qui valent bien mes hantises et mes délires.

7

Ça n'est pas moi qui le dis : un schizophrène sur deux fait au moins une tentative de suicide dans sa vie. Un jour, mon frère est entré dans les statistiques en se précipitant à bicyclette sous les roues d'un camion de déménagement. Si l'essai a raté, c'est en bonne partie parce que le dernier déménagement avait eu lieu une heure plus tôt et que le camion à présent était vide, donc plus facile et plus rapide à immobiliser.

Mon frère n'a subi qu'une éraflure à la jambe droite, provoquée par l'impact avec le pare-chocs. La bicyclette en revanche a été transformée en un pitoyable réseau de métal tordu complètement inutilisable. Cette destruction a affligé mon frère bien au-delà de la perspective même de son propre anéantissement. Je l'ai hébergé chez moi, le temps qu'il reprenne au moins un peu ses esprits. Je me suis aperçu dans les semaines suivantes que presque toute sa réflexion se concentrait sur la perte de sa bécane. Il y revenait sans cesse, et je mesurais plus que jamais la portée de ces mots : *schizophrénie pseudo-névrotique avec pensées obsédantes*, prononcés un jour dans le petit bureau du docteur Dumontier. « Allez, lui dis-je un matin. Que dirais-tu d'aller au village acheter un vélo neuf ? »

Les modèles abondaient à la boutique L'Avaleur de kilomètres, dont nous avons franchi la porte vers les onze heures. Mon frère n'a fait ni une ni deux et a jeté en moins de cinq minutes son dévolu sur un assez classique vélo de ville muni d'une seule vitesse, d'un système de frein à rétropédalage et d'une selle large montée sur ressorts. À la caisse, j'ai allongé l'argent nécessaire et remercié le jeune vendeur. Puis j'ai proposé à mon frère qu'il enfourche son nouveau destrier, qu'il aille faire un tour et qu'il me retrouve à la maison une heure plus tard, offre qu'il s'est empressé d'accepter. Je l'ai suivi pendant un moment au volant de la Prius, respectant entre nous deux la saine distance nécessaire à son besoin de liberté de mouvement toujours si impérieux. Je me disais en l'observant de loin que la simplicité et l'incontestable fiabilité de cette bicyclette représentaient peut-être à ses yeux les qualités auxquelles son esprit n'avait pas accès. Et peut-être en somme mon frère voyait-il dans cette espèce d'efficacité humble le symbole au moins partiel d'une victoire sur la peine.

8

Le docteur Dumontier m'avait prévenu : « Vous devrez composer, en tant qu'unique proche encore vivant, avec divers symptômes plus ou moins marqués, selon les jours et les phases de la maladie. L'un d'entre eux est ce que j'appelle le *discours abrégé dénué de détails.* Attendez-vous à ce que votre frère ne communique avec vous que par bribes, dans un langage par moments presque codifié, parfois brutal, souvent compréhensible de lui seul. Souvenez-vous surtout que la réalité le fait souffrir. Je ne dis pas pour autant qu'il faille le soustraire à cette réalité. Bien au contraire : essayez, dans la mesure du possible, de le réconcilier avec elle. »

L'occasion s'est présentée l'autre soir de mettre à profit ce conseil si difficile à appliquer. Au milieu d'une petite fête qu'avaient organisée chez eux monsieur et madame Vermeulen, une voyante s'est approchée de mon frère, lui a pris la main et lui a proposé d'y lire son avenir. Méfiant comme toujours, il a d'abord refusé tout net. Je trouvais quant à moi l'idée intéressante. Mes arguments, et surtout l'étrange charisme de la voyante, ont fini par le convaincre. Je redoutais seulement une lecture trop simpliste : je m'étais posté, déjà, sur le seuil de cet avenir, et ce que j'avais entraperçu dans les lointains me paraissait non pas compliqué, ni embrouillé, mais trop changeant, précaire et multiforme pour être décrit sommairement. Le beau tumulte, l'accumulation des faits, de l'expérience et du temps, ce mélange complexe d'infortunes et de succès, de prémonitions, de savoir et de secrètes incertitudes, tout cela me paraissait trop subtil pour être réduit à quelques éléments de base. « Rassure-toi, me dit la voyante. Je ne peux pas ramener à une ligne droite un avenir qui n'est fait que de méandres. » Nous nous sommes ensuite réfugiés tous les trois un peu à l'écart. J'assistai à ce petit échange entre une magicienne et un homme connu pour son scepticisme. « Tu continueras, lui confia-t-elle en effleurant sa paume, de te lever chaque jour très tôt, à l'heure des oiseaux. De tous tes rendez-vous manqués, celui avec la chance restera le plus décevant. Mais les poètes, et le chant des mésanges et des grives, finiront par te consoler. Franchement, j'ignore si tu vivras encore longtemps dans ce corps et avec cet esprit. Chose certaine, une phrase de ta mère t'accompagnera jusqu'au bout : « Réfléchis, mais ne fais pas que réfléchir ; émerveille-toi aussi. Émerveille-toi, mais ne fais pas que t'émerveiller ; réfléchis aussi. » Ça sera la grande affaire de ta vie. »

9

Mon frère est arrivé chez nous, à bicyclette, vers les six heures. Il est entré dans le jardin, s'est installé avec son goûter sur le petit banc et a commencé à manger en contemplant à l'est l'horizon lentement passer du rouge au rose, puis du vert au jaune pâle. Je n'ai été surpris qu'à moitié en l'apercevant, à mon réveil, encore bien assis là : c'est un homme parfois étonnant, que les heures nocturnes n'incitent pas toujours au sommeil. Le soleil chauffait déjà passablement la terre lorsque je l'ai rejoint un peu plus tard, le temps de sortir de mon pyjama et d'enfiler quelques vêtements. Quand il a eu fini son thermos de café, il a sorti de son sac un petit recueil de poésie très abîmé, qu'il avait à l'évidence lu et relu et qu'il a tenu à me laisser. « Ce que j'aime de ce livre, commença-t-il, c'est qu'il me raconte avec beaucoup de clarté ce que, confusément, je sais déjà. À mon avis, son auteur a dû travailler très fort pour en arriver à un tel degré d'intelligibilité. La littérature, c'est très facile quand vous ne savez pas comment faire. Mais quand vous savez, c'est plutôt difficile. »

Deux heures ont ensuite passé, au cours desquelles nous avons évoqué ensemble l'un ou l'autre de nos souvenirs d'enfance. Je ne me troublais plus tellement du temps immense qui nous séparait de ces images à présent si lointaines. J'étais déconcerté surtout par leur peu de fixité, par le fait que, contrairement aux photographies par exemple, elles étaient si changeantes, sans cesse rectifiées par les ajouts ou les suppressions que leur inflige le temps qui passe, ce grand falsificateur. « Comme écrivain, me dit alors mon frère, ce ne sont visiblement pas les images elles-mêmes que tu cherches à saisir, mais bien plutôt ce mouvement, ou cette pression exercée sur elles et qui, dans la mémoire, rend le passé si vivant. Je crois que c'est ce qui explique la présence presque constante dans tes pages d'une sorte de glissement de la réalité, de songe éveillé qui fait contrepoids à l'insuffisante exactitude du monde physique. » Ça n'est pas comme ça que je l'aurais expliqué, mais mon frère a bien droit à ses idées. Ensuite le temps a encore passé, et le soir est venu. Nous étions restés assis tout le jour durant sur le petit banc au milieu du jardin.

10

Avant-hier, un geai bleu est venu heurter violemment la vitre puis, assommé, s'est écroulé sur le balcon. Mon frère, témoin de la scène, s'est précipité sans émotion visible mais avec une sorte de promptitude de brancardier auprès du blessé. Peu de mots ont été prononcés par lui tandis qu'il procédait aux premiers soins. J'étais dans cette délicate entreprise de rétablissement relégué aux fonctions de subalterne. J'exécutais de mon mieux les ordres : « Éloigne le chien. Trouve-moi un morceau de tissu pour le pansement. Ne parle pas trop fort, tu vas l'effrayer. » Une espèce d'attelle improvisée recouvrit bientôt l'épaule disloquée. L'oiseau entretemps avait retrouvé ses esprits et jetait sur nous des regards terrifiés. Je ne sais trop comment le dire, mais j'ai le sentiment que mon frère reconnaissait dans cette épouvante la réalité presque quotidienne de sa propre peur. Je l'ai vu ensuite glisser avec d'infinies précautions le petit accidenté au creux de ses mains, entrer dans la maison à pas mesurés, puis l'installer dans le vieux compotier de porcelaine.

La convalescence a duré deux jours, au cours desquels mon frère a tenu à rester au chevet de son protégé. Le matelas gonflable, retrouvé au grenier par Livia, avait été installé par elle entre la table et le vaisselier, et recouvert de draps et de couvertures. Une touchante connivence parut s'établir entre l'oiseau et son sauveur. Comme si ces deux âmes perdues, collaborant l'une avec l'autre, cherchaient ensemble à comprendre quelque chose qui leur échappait. Quoi qu'il en soit, le mélange de lait et de noix concassées versé au compte-goutte dans le bec fit à la longue son travail : vers les cinq heures ce soir, la subtile mécanique de l'aile était à nouveau fonctionnelle. Au moment de la remise en liberté, et tandis que nous observions le bel oiseau bleu s'éloigner au-dessus des arbres, j'ai vu pour la première fois depuis des années sur le visage de mon frère se dessiner un sourire.

11

De mars à novembre, en échange d'un petit salaire, le pépiniériste du village l'embauche et lui confie divers travaux d'entretien des plantes. L'arrosage est ce qu'il préfère. Mon frère adore passer la journée dans la serre avec son arrosoir dégoulinant, enfoncer méthodiquement son doigt dans la terre de chacun des centaines de pots pour en évaluer le taux d'humidité, y déverser au besoin la quantité d'eau nécessaire. Venant de lui, ce souci du détail et cette conduite structurée m'étonnent toujours. Comme si vivait en lui un autre homme luttant contre le chaos, s'efforçant de donner à sa vie un aspect plus défini, presque géométrique. Ce que je trouve intéressant, c'est que l'exact opposé se produit en moi-même : sans cesse, une volonté que je crois indépendante de moi cherche (et parvient) à perturber mon esprit peut-être trop systématique. « Facile à expliquer, me dit mon frère. Ça s'appelle avoir des émotions. »

12

On ne peut pas dire que je sois aveugle, comme le sont par exemple l'araignée-loup ou certaines écrevisses d'eau douce, mais d'un point de vue spirituel je ne diffère pas beaucoup d'elles. Lorsque je me retourne et que je tente d'apercevoir ce qui m'a poussé à m'intéresser aux diverses choses qui ont durablement orienté ma vie intérieure (la cohabitation de l'âme et du corps, les toiles de Van Gogh, les étés à ne rien faire, les chiens, la vie de couple, une belle voix accompagnée à la guitare, la vie à la campagne, mes parents, mon frère et moi réunis autour de la table), je ne vois rien. Tout ce qui au fil des ans a modelé mon esprit l'a fait apparemment sans raison spécifique, comme un éboulis dispose arbitrairement au bas de la paroi son assemblage de pierres disparates. Mon frère, qui dans ses bons jours fait preuve d'un étonnant humour, a suggéré une fois que, le temps venu, on grave sur ma tombe ces mots : « C'était un brave homme. Mais il n'y était pour rien. »

13

Je n'aime pas le dire, mais il arrive que mon frère pue. La question de l'hygiène personnelle chez les schizophrènes est souvent problématique. Sont-ils à ce point dissociés d'eux-mêmes qu'ils ne se sentent plus ? Oublient-ils tout simplement de se laver ? Hier, le plus difficile a été de convaincre mon frère de l'urgente nécessité pour lui de s'immerger dans l'eau de notre baignoire. « Pourquoi ? » s'objecta-t-il, étonné, hirsute, raide comme un clou, tandis que je lui ôtais ses premiers vêtements et que Livia sortait de sa petite boîte de carton une savonnette toute neuve. Quelques protestations rebondirent encore sur les murs recouverts de céramique. À la fin mon frère s'est tu et, dans un spectaculaire geste d'abdication, a enlevé son caleçon. Livia retirée, nous nous sommes retrouvés seuls.

Le long corps efflanqué et comme sans poids semblait flotter parmi la mousse. Le mien, assis bien au sec sur le rebord de la baignoire, était envahi d'une légèreté d'un autre genre : c'était un de ces moments de grâce où le temps s'arrête, dirait-on, et laisse sa place à quelque chose de plus matériel, de plus humainement saisissable, et de moins cruel. Dans l'air de la petite pièce embuée ondoyaient des effluves de lavande. Nous ne disions rien, peut-être parce que nous sentions que les mots qui auraient surgi alors allaient nous révéler des choses que nous préférions ne pas connaître, pas maintenant. Ensuite j'ai pris la savonnette et j'ai commencé à laver très doucement mon frère. Son extrême docilité m'étonnait, mais je n'ignorais pas ce qu'elle contenait d'involontaire insoumission au Monde, de dure révolte contre l'injustice d'un esprit qui le plus souvent refuse de répondre à l'âme qui l'appelle. « Même quand l'oiseau marche il sent qu'il a des ailes », disait le poète.

Une heure s'était écoulée lorsqu'à la fin j'ai enroulé mon frère dans la serviette et saisi le peigne pour au moins tenter de donner une forme à cette chevelure insurgée. C'est ce moment qu'il a choisi pour prononcer ces mots déchirants de lucidité : « Je suis un puits sans fond. J'ai beau fouiller en moi, je n'aperçois rien qu'une nuit profonde. Je suis perdu. » Et moi, l'écrivain, le spécialiste des mots, je n'ai pas su quoi lui répondre. Le soir tombait. De la forêt toute proche nous parvenaient les premiers hululements d'un hibou.

14

Monsieur et Madame Chung sont venus ce soir frapper à notre porte pour nous inviter à partager leur repas. Au ciel, les premières étoiles montaient à leur place désignée lorsque Livia, notre chien Pablo et moi-même avons traversé avec nos hôtes l'étroite bande de pelouse séparant nos maisons respectives.

La cour arrière de nos voisins, décorée de guirlandes illuminées, embaumait très fort l'huile de sésame, le bœuf grillé et le riz mêlé de beurre. Une table avait été aménagée pour l'occasion, sur laquelle dansaient les ombres d'un large peuplier à peine oscillant. Pablo a été servi le premier, et a englouti sans cérémonie son repas de bibimbap. Les Chung s'en sont beaucoup amusés, mais Livia et moi avons été subtilement invités à plus de considération à l'égard des us et coutumes coréens. Nous nous sommes installés à table. Des verres, puis un bol de pierre préalablement chauffé, dans lequel grésillaient du riz, du bœuf arrosé de sambal oelek, des carottes marinées et divers légumes sautés furent bientôt déposés par madame Chung devant chacun de nous. Un œuf au plat trônait au centre de chacun des bols, par-dessus cet assortiment d'ingrédients colorés et fumants, accompagnés de kimchi et parsemés de graines de sésame.

« Quel âge avez-vous ? a ensuite demandé madame Chung en saisissant ses baguettes. En Corée, à table, la bienséance exige que ce soit l'aîné qui prend la première bouchée. Quel âge avez-vous tous les deux ? » Livia, charmée par la franchise et la spontanéité de la question, y a répondu avec la même candeur. « Nous avons tous les deux soixante ans », dit-elle. Madame Chung, visiblement ravie, a laissé échapper dans la nuit naissante un grand rire réconfortant et affectionné. « J'en ai soixante-dix-huit, fit-elle alors, radieuse, souriante et enjouée comme une enfant. Et mon mari en compte soixante-quinze. C'est donc moi qui commence. » Après nous avons levé nos verres et entamé ce repas à la fois protocolaire et délicieusement décontracté, ponctué de rires, d'inoffensives railleries et de confidences innocentes.

Le digestif fut pris sur la terrasse, sous des frondaisons à présent d'une extraordinaire immobilité. Quelques cigarettes de marijuana partirent en fumée, dont les propriétés, mêlées à celles de nos quatre cerveaux, enjolivèrent durablement notre pensée. Vers une heure du matin la lune a émergé de derrière la montagne, et c'était comme un de ces réverbères qui s'allument tout seuls dans les rues pour rappeler aux gens qu'il est temps d'aller dormir. Alors nous avons pris congé de nos hôtes et avons traversé en sens inverse la pelouse. Mon frère était sous le porche à nous attendre. Au-dessus de sa tête tourbillonnait une nuée d'insectes nocturnes formidablement indisciplinés, se disputant la lueur émise par le luminaire. « Pourquoi n'ai-je aucun ami ? » murmura-t-il, les yeux humides, quand nous fûmes près de lui.

15

De temps à autre un lecteur m'écrit. Mardi dernier, dans le sentier qui mène à l'ancienne barrière des douaniers, j'ai lu à mon frère la longue lettre pleine de reproches que j'ai reçue récemment. « Ce type a raison, me dit-il après ma lecture. Tu répands partout dans tes livres le bruit que Dieu n'existe pas. À force, les croyants se fâchent. Rien de plus normal. » J'ai trouvé son argumentaire assez intéressant pour que je m'y arrête au moins un instant. « Crois-tu en Dieu ? » lui ai-je demandé. Ma question a paru le troubler. Puis, après un long silence : « Oui, a-t-il répondu, seulement je trouve que Dieu évalue mal les gens. » Je connaissais assez bien mon frère pour savoir qu'il en avait encore beaucoup à dire sur le sujet, mais je n'ignorais pas non plus qu'en lui les pensées prenaient toujours un certain temps avant de s'ordonnancer. Je laissais à cet esprit morcelé le temps d'assembler ses pièces. Un quart d'heure a passé. « Par exemple, continua-t-il alors, je ne le crois pas du tout capable de lire dans mon cœur, autrement comment expliquer qu'il pleure si peu ? » Nous poursuivions notre promenade. De longs intervalles entrecoupaient ses observations laconiques. Celle-ci, peut-être parce qu'elle était plus longue et détaillée que les autres, plus pénétrée de chagrin aussi, m'a particulièrement frappé : « J'ai retrouvé dernièrement dans mes affaires, avec une sorte de vertige plein de solitude et de soleil, le petit carnet de cuir tout usé dans lequel maman notait ses états d'âme. Les innombrables éloges qu'elle adresse à Dieu dans ces pages-là auraient dû lui inspirer pour elle une mort plus douce que cette longue agonie bornée par le cadre étroit d'un lit d'hôpital. » Ensuite près d'une demi-heure s'est écoulée sans que nous échangions un seul mot. Il observait les arbres, le ciel, s'arrêtait ici et là pour écouter la flûte d'un oiseau. Puis il a repris son idée, ou peut-être l'a-t-il retrouvée parmi les décombres de son raisonnement. « Il faut apprendre à mourir. Pourquoi Dieu a-t-il si peu tenu compte de ce que maman avait appris ? » J'ai cru utile à ce moment de lui raconter ceci : « Cette nuit, un phénomène qui n'était pas un songe s'est produit dans mon sommeil : je suis entré dans une espèce de grange qui sans doute était la mort et j'y ai retrouvé papa et maman. Nous sommes restés longtemps à nous souvenir de certains soirs très doux, du ciel qui passe tout droit, recule puis s'arrête au-dessus de la maison familiale, d'un vase de fleurs posé sur la table de la cuisine. Un peu après le temps petit à petit s'est dématérialisé et je me suis trouvé seul. Au réveil j'ai curieusement peu repensé à eux, mais beaucoup à toi. Je me disais qu'il n'y avait plus que nous deux, désormais, pour continuer. Je ne sentais pas, comme toi, la présence à mes côtés d'un dieu même distrait, même maladroit. »

16

Pour la centième fois peut-être, je l'ai vu le mois dernier jeter ses médicaments dans les toilettes. Ce qu'il y a, c'est que mon frère croit dur comme fer qu'il n'est pas malade. « Les choses iraient mieux pour toi, lui dis-je sans arrêt, si tu acceptais de prendre ces antipsychotiques. » Mais il est convaincu que cette idée de lui faire avaler des comprimés est un complot destiné à lui nuire, ou à le soumettre, sous prétexte pense-t-il que le gouvernement lui en veut. « Ces gens-là surveillent chacun de mes mouvements. Il y a souvent ce type qui me suit dans la rue. Je l'ai vu l'autre fois encore se poster devant chez moi et m'espionner. Je me méfie aussi de cette femme qui habite en face. Je crois qu'elle cherche à m'empoisonner. »

Hier, je suis allé moi-même à la pharmacie chercher pour lui une nouvelle prescription de Risperal, de Zyprexa et de Seroquel. L'employée au comptoir m'a trouvé un peu excédé je crois, mais c'est qu'il me fallait dès lors emmagasiner quelques réserves de fermeté, tendre au maximum l'arc de ma volonté. J'avais donné rendez-vous à mon frère chez lui à dix heures. J'étais déterminé à le contraindre, s'il le fallait, à prendre ces maudites pilules et à déployer tous les moyens nécessaires pour le convaincre de le faire chaque jour rigoureusement. Ça ne s'est pas passé comme je l'espérais. Parce qu'il refusait tout net d'ingurgiter la drogue, j'ai décidé de la lui fourrer moi-même dans la gorge. Je ne suis ni très grand ni très fort, mais une étonnante énergie musculaire a semblé se constituer en moi. Une sorte de combat s'en est suivi. Une fois le long corps de mon frère plaqué au sol, j'ai forcé l'ouverture de la bouche en usant de mes doigts comme d'un couteau à huîtres. La mâchoire, un instant desserrée, s'est ensuite brusquement refermée sur ma main. La vive douleur ressentie m'a ramené comme un coup de fusil à la réalité. Je me suis éveillé, pourrait-on dire, d'une espèce de songe violent et halluciné et me suis vu allongé sur mon frère en larmes, petit enfant de cinquante-huit ans se débattant de toute sa force contre les démons de sa vie fracassée.

Lentement, pensivement, je me suis remis debout et je l'ai aidé à se relever. Ensuite je l'ai enlacé un long moment en silence, mais lui restait là à renifler, à ravaler ses larmes, bras ballants et épaules voûtées. Nous sommes allés nous asseoir dans la cuisine. J'ai fait du café, que nous avons bu très doucement et sans trop parler encore. Je sentais que sa force physique, concentrée au possible durant la lutte, l'avait abandonné à présent. Et cependant son habituelle vitalité d'esprit continuait à l'habiter. À un moment il a voulu aller dormir et je suis allé l'aider à se coucher. Puis, peut-être parce que je songeais beaucoup à maman, je l'ai bordé dans son lit. Ensuite j'ai tiré les rideaux et je suis sorti de la chambre sans bruit.

17

Il avait à peine ses neuf ans lorsqu'il s'est présenté à la mairie pour demander de faire mouler une statue de bronze me représentant. « Il faudrait, a-t-il dit au commis derrière le guichet, que sa main soit levée bien haut et que son index pointe la cime des arbres, parce que c'est quelqu'un qui a beaucoup fait pour m'initier à la beauté des oiseaux. »

À la maison familiale, je m'émerveillais de ce petit frère épatant, imprévisible, tendre, énigmatique, provocateur, sérieux, savant et comme secoué d'inquiétude, que j'allais la nuit tirer d'un sommeil agité, empoisonné par ces images effrayantes qui déjà commençaient à le hanter. Nous quittions notre chambre pour aller passer de longs moments couchés dans les champs, à suivre la trajectoire des astres, à dessiner dans nos cahiers la courbe elliptique de l'un ou l'autre corps céleste, à cartographier ce firmament dont le mystère nous éblouissait et nous laissait pour ainsi dire suffoqués de bonheur.

Au matin, maman nous grondait un peu en voyant nos pyjamas encore tout humides de rosée et tachés de pollen. « Tss, Tss, faisait-elle en fronçant les sourcils. Vous êtes encore allés jouer les astronomes. » Mais elle n'en disait pas plus, parce qu'elle connaissait des enfants à l'esprit triste et à la joie amère et elle savait que c'était pour eux un grand malheur. Et alors mon frère et moi sentions que nous étions d'une race noble, celle des enfants élevés dans l'amour et la considération pour les choses de la pensée.

Les gens de la mairie quant à eux n'ont jamais accédé à sa demande, et je suis demeuré ce héros sans statue. Je raccommode à ma façon cet accroc dans le tissu toujours un peu lâche de l'histoire : aux heures les plus profondes de la nuit, je ne lève jamais les yeux sur les constellations sans ériger secrètement à mon frère un monument à sa mesure.

18

Il est venu ce matin encore frapper à ma porte. Je n'avais pas versé le café dans les tasses que déjà il me disait ces mots : « Tu devrais écrire un livre dans lequel rien n'arrive. » J'ai trouvé l'idée d'autant plus séduisante que j'ai sous la main, avec ma vie très banale, une grande quantité de matière à partir de laquelle travailler.

Sitôt mon frère reparti, j'ai posé les bases de mon livre. J'ai imaginé une histoire où les seules actions allaient être celles de gens s'occupant par exemple du jardin, ou dénombrant le soir des étoiles familières, ou encore lisant quelques pages à l'ombre d'un arbre. J'allais mettre en scène des hommes et des femmes dépouillés de leurs masques, et dont l'absence de dogmes et de trop grands préjugés allait laisser la place nécessaire au déploiement de leur lucidité, à leur besoin de comprendre et, au fond, à leur refus de souffrir. J'avais à cœur de respecter l'équilibre des angles, des points de vue. Chaque fois que je montrerais dans ce roman les remous d'une âme, je tâcherais d'évoquer en contrepartie le balancement d'un arbre, ou les calmes variations du ciel au-dessus de la maison. Tout l'édifice allait se construire en ne recourant qu'à ces pauvres matériaux. En somme, l'âme seule de ces gens allait être visible, et tout le reste demeurerait non pas accessoire, mais comme obéissant aux mouvements de cette âme.

J'étais tenté d'aller plus loin, mais j'avais chaque fois que je déviais de mon plan la curieuse impression de l'enlaidir. À la fin, j'ai appelé mon frère pour lui faire le résumé de ce livre à venir. Le bruit ambiant perçu durant la conversation me laissait deviner qu'il était en train de préparer le repas. J'entendais aussi, venu de plus loin, le babillage léger de sa perruche bleue. À un moment, une bouilloire a sifflé. À cette heure, le ciel commençait à lentement tourner sur lui-même et se préparait au soir. Mon chien, comme traversé de songes, est venu se coucher à mes pieds. Tout cela était d'une formidable beauté.

19

Je n'espérais pas grand-chose de cette visite chez le vétérinaire avec Pablo. Seulement, j'étais curieux de connaître l'opinion d'un expert au sujet de la profonde phase d'introspection dans laquelle est entré mon chien il y a trois semaines.

Les instruments habituels avaient été rangés : aucun stéthoscope, aucune seringue, aucune lampe n'était nécessaire à l'analyse d'un tiraillement qui touchait l'esprit bien davantage que le corps. L'homme en sarrau vert me questionnait : « A-t-il vécu récemment une émotion plus forte que les autres ? » Mais toute la vie de ce bel animal romanesque et émerveillé était tissée d'émotions fortes. Au printemps, je l'avais vu longuement s'attendrir au spectacle d'un petit oiseau fabriquant son nid dans un angle du toit. En octobre, la danse aérienne des feuilles mortes l'avait pendant six jours à ce point absorbé qu'il en avait développé un douloureux coincement des muscles du cou.

Je refaisais mentalement le tracé des dernières semaines. Je me suis souvenu d'une soirée passée avec mon frère et lui autour du feu de camp. J'avais ravivé à voix haute, en passant machinalement mes doigts dans le pelage soyeux, quelques souvenirs tendres : papa levant le bras pour me montrer au ciel le déplacement d'une étoile ; le visage encore jeune de maman, puis le jais des cheveux tout à coup traversé d'un fil blanc ; le calme immense au moment où, à peine entré dans l'adolescence, j'ai pris la décision de devenir écrivain ; l'esprit qui s'ouvre soudainement, à douze ans, parce que s'établit le premier contact avec l'âme. Et c'est alors que mon frère est entré dans un de ces états psychiques pour moi si difficiles à cerner parce qu'ils puisent, je dirais, à la source la plus secrète de son esprit. Lui d'ordinaire si sombre et si dépouillé de son espoir a paru tout à coup s'éclairer de l'intérieur. Peut-être parce que je venais d'évoquer longuement la figure tant aimée de papa et de maman, toute trace de son abattement s'est en l'espace d'un instant volatilisée pour céder la place à une singulière confiance en l'avenir. Un étrange débordement de paroles a aussi remplacé son habituelle économie de langage. « L'époque, a-t-il commencé, est propice aux prophètes de malheur. Je ne veux pas suggérer en disant cela que tout va pour le mieux. Seulement, rien ne m'indispose autant que d'emboîter le pas à tous ces pessimistes patentés qui encombrent notre temps, trompés par les hésitations, les vacillations et la confusion d'un monde qui cherche lentement mais sûrement un passage vers l'avenir. Il n'y a rien à attendre de ces gens-là, qui confondent tout : avenir et menace, adversité et désespoir, modernité et dépravation, mémoire et nostalgie, morale et rigidité d'esprit. Je crois au contraire qu'en dépit de tout, des jours radieux s'ouvrent devant nous. Mais nous sommes de mauvais peintres, et nous manquons de recul, et peignons sur la toile un paysage déformé par notre vision trop étroite. Je ne vois personnellement aucune raison pour qu'il n'y ait pas dans le futur quelques êtres de bonne volonté et modernes (c'est-à-dire qui ne craignent en rien l'avenir), altruistes, à l'esprit lucide et éclairé, attentifs aux expressions de leur vie spirituelle. Nous ne serons jamais trop à unir nos forces dans l'établissement d'un monde durablement meilleur. »

J'avais eu peine à en croire mes oreilles. Mais je pense que ces paroles nocturnes, émouvantes au possible, dévoilant en somme une part de mon frère certes enfouie mais réchappée du naufrage, s'étaient imprimées plus durablement que prévu dans le cerveau du bel animal couché à mes pieds. J'ai remercié le vétérinaire et mis fin à la rencontre. Dans la Prius, j'ai acquiescé pour une fois à la demande de Pablo et l'ai autorisé à s'installer sur le siège avant. La lourde tête blonde était encore posée sur mes genoux quand nous sommes arrivés à la maison.

20

L'aube se levait à peine lorsque le chat Lennon est venu me trouver dans la grange. Je m'essayais sans succès depuis une demi-heure à la réparation de la tondeuse à gazon, dont le moteur vieillissant souffre ces temps-ci d'inquiétants essoufflements. J'ai voulu voir, dans la visite inattendue de mon petit compagnon, le signe qu'il était temps pour moi d'abandonner la lutte. « Cette tondeuse est bonne pour la ferraille, lui dis-je en lui caressant le dos. Allons à la pêche, tous les deux. »

À cette heure, l'étang n'était troublé ni par le vent, ni par la déambulation des canards, ni même par les poissons, qui, à peine sortis du lit, en étaient encore j'imagine à l'étape de la planification de la journée. Le mouvement de la petite chaloupe amarrée en permanence au quai fut le premier, au moment de notre embarquement, à émouvoir au moins un peu l'eau. Les rames, une fois bien enfoncées sous la surface, ont achevé le travail, et le miroir de l'étang s'est brisé tout à fait. J'ai lancé ma ligne au moment précis où le soleil s'est élevé au-dessus de la montagne. Une cane, sortie des roseaux, est alors venue tourner autour de notre esquif, intriguée je crois par ce frêle véhicule glissant comme elle sur les eaux. Habitué à la présence des autres animaux, le chat Lennon demeurait d'un calme exemplaire, se contentant de regarder l'oiseau barboter, et tentant peut-être de traduire en termes plus clairs ses caquetages nasillards.

Une truite fut au bout d'une heure tirée de l'eau. Le chat l'observa un instant se tortiller au fond du bateau, puis s'en détourna. Je sentais que le spectacle de la montagne, à présent éclaboussée de rayons solaires, l'inspirait davantage, alimentait son esprit sans cesse hanté, ému, rieur, indigné, traversé par le doute et, surtout, imprégné de l'intense joie de celui qui ne s'habitue pas à l'inexplicable splendeur de ce Monde.

Nous sommes rentrés à la maison vers les huit heures. Mon frère, sa bicyclette appuyée contre le mur, m'attendait sous le porche en compagnie de Pablo. « Depuis combien de temps es-tu là ? » lui demandai-je. « Aucune idée, fit-il en haussant les épaules, comme si ça n'avait absolument pas d'importance. Je t'attendais, c'est tout. » Je n'ai pas insisté. « Tu veux manger cette truite aujourd'hui ? » me risquai-je, en sortant de mon panier ma prise du jour. « Hum, commença-t-il, méfiant. Non, tu peux la garder. Je lui trouve un air de famille avec ma voisine d'en face, celle qui cherche à m'empoisonner. » Ensuite nous sommes allés nous asseoir au jardin et nous n'avons rien dit pendant un moment. « Oh, encore une chose, se souvint-il soudainement. Durant ton absence, j'ai réparé la tondeuse. »

21

Je crois que le jour où le docteur Dumontier a dit que mon frère souffrait d'une maladie grave, quelque chose s'est brisé. Sauf erreur, et puisqu'il est vrai que les mots donnent sa forme à l'esprit, le fait d'avoir simplement mis le mot *schizophrénie* sur ce mal a en quelque sorte accéléré la dégringolade de mon frère. Sa jeunesse, que j'avais observée s'enfuir au cours des quelques mois précédents, laissait place désormais à autre chose qui n'était pas encore le déclin mais qui s'y préparait.

Nos deux vies se précisaient. La sienne devenait un long soir sombre et menaçant. La mienne était plus que jamais consacrée à l'apprentissage du métier d'écrivain. Le soir, au-dessus de la maison familiale, le ciel était vert, puis pourpre. Je restais longtemps à observer cela, ce miracle du Monde qui sombrait dans la nuit, de la lumière qui par degrés disparaissait derrière la forêt. Je dénombrais au ciel quelques étoiles mobiles, contemplais pendant une heure la lune courir dans la cime des arbres. Un saisissant sentiment de douceur s'emparait de moi. Je ressortais mes livres, retrouvais avec une espèce de joie perdue les grands paysages mélancoliques de Gabrielle Roy, les inquiétantes et profondes forêts de Charles Baudelaire, renouais avec le prudent pragmatisme de Montaigne. Je me rappelais avoir souffert, et qu'à l'époque ces gens-là m'avaient guéri, en quelque sorte. J'espérais secrètement que les livres aient sur mon frère le même effet bénéfique qu'ils avaient sur moi. C'était difficile à dire. Je ne sais trop comment ni pourquoi, les poètes l'aidaient à vivre. Mais la mélodie que j'entendais dans la littérature ne semblait pas plus arriver à ses oreilles qu'à son esprit. On aurait dit que, pour lui, les mots écrits étaient des mains qui tâtonnent dans l'obscurité. Puisque, à cause du docteur Dumontier, c'était par les mots qu'il était véritablement entré dans le malheur, peut-être cherchait-il, par eux aussi, à en sortir au moins un peu.

22

L'étymologie, qui raconte l'histoire des mots, est une science passionnante : elle révèle en définitive leur âme, un peu comme Dieu quand il a soufflé dans les narines d'Adam pour donner au corps sa force vitale. Le mot *schizophrénie*, formé à partir du grec *skhizein* (fendre) et *phrên* (esprit), ne pourrait mieux illustrer le coup de hache qui un jour a fait voler en éclats l'existence de mon frère, et ouvert en lui une brèche impossible à refermer. Je tente comme je peux de me glisser avec lui dans cette ouverture, mais n'y parviens jamais qu'à moitié : les épaisses ténèbres que j'y rencontre m'empêchent de me mouvoir librement, et me forcent à rebrousser chemin.

Hier soir, tandis qu'il marchait à mes côtés dans la campagne, mon frère, comme devinant ma pensée, m'a dit ces choses troublantes : « On dirait que Dieu, après avoir visité ma vie, en est reparti en éteignant la lumière. C'est en vain que je l'appelle et le prie d'y rétablir l'éclairage. » Puis, montrant du doigt les champs environnants : « Regarde un peu ces lucioles. Elles clignotent dans la nuit pour se reconnaître entre elles. Mais moi, je ne suis la lampe de personne. »

Il était tard lorsque je suis rentré à la maison. Livia m'attendait sur le sofa, un livre à la main. « De qui suis-je la lampe ? » lui ai-je demandé, un peu abattu, en m'assoyant auprès d'elle. « De personne, j'en ai bien peur », me murmura-t-elle à l'oreille. Puis, posant doucement sa main sur mon cœur : « Mais veille à ne pas laisser mourir le feu qui brûle ici. »

23

Ça n'est jamais bon signe quand plus de deux jours passent sans avoir de ses nouvelles. Je suis un jour allé frapper à sa porte au terme d'un de ces inquiétants épisodes de silence. La clé que j'ai en permanence sur moi n'a pas suffi pour me permettre d'entrer chez lui : il m'a fallu utiliser aussi toute ma force pour dégager, du dehors, les meubles qu'il avait poussés contre la porte pour former une barricade. Je l'ai trouvé assis sur le sofa, le regard horrifié, fixant le vide, le dos raide comme une planche, les mains plaquées sur les genoux, tremblant et cependant paralysé de terreur. Les deux seules fenêtres de son petit logement avaient été tapissées de feuilles d'aluminium. Je l'avais vu, déjà, recourir à cette astuce de forcené pour se protéger, s'était-il confié, des « appareils-espions du gouvernement ». Je me souvenais de la directive du docteur Dumontier : « S'il tombe dans la paranoïa, évitez de le regarder dans les yeux.

Ça risquerait d'aggraver la crise. » À un moment, j'ai été tenté d'appeler l'hôpital et de demander qu'on vienne le cueillir en ambulance. Mais je me suis rappelé cette autre fois où, tandis que j'envoyais devant lui un message texte à Livia, il m'avait accusé de comploter avec la Central Intelligence Agency (CIA) afin de le faire emprisonner. J'ai donc prudemment laissé mon téléphone dans la poche de mon veston, et décidé de simplement tenir compagnie à mon frère. Je ne tentais nullement de le ramener à la raison. Je ne le traitais pas de haut, et ne lui parlais pas comme à un enfant. J'étais bien entendu absolument alarmé par ce que je voyais en lui, mais je m'efforçais de me comporter le plus naturellement possible. Je lui ai préparé un bol de cette infâme soupe en sachet qu'il aime tant. Un exemplaire de *Seuls demeurent*, de René Char, traînait sur la table. J'ai pris l'initiative de lui lire quelques passages de cet admirable recueil de poésie, l'un des objets les plus émouvants à avoir été engendrés par la sensibilité humaine. Entre deux lectures, je l'invitais à faire avec moi quelques pas entre le sofa et le lit. Je ne consultais pas ma montre, de peur qu'il n'utilise ce geste anodin comme un carburant pour alimenter sa paranoïa et sa peur. Je notais cependant que la lumière changeait, et devinais que, de l'autre côté des feuilles d'aluminium, le soleil lentement commençait à descendre. J'ai senti petit à petit mon frère reprendre le dessus sur les démons qui depuis cinquante heures l'assaillaient. Puis je l'ai vu se détendre enfin, se défaire de l'emprise terrible de son angoisse, s'allonger et s'endormir, épuisé, comme s'il venait de combattre à mains nues un fauve, ou un dragon crachant le feu par les narines.

24

Avant de naître, j'entendais à distance ma mère chantonner avec ses mains pleines de farine. Je suis presque sûr que c'est pour cette raison que, plus tard, quand je suis né finalement, j'ai continué à tendre l'oreille et tenté si fort de saisir ce que ce Monde étrange où nous passons tous avait à m'apprendre. J'ai aujourd'hui peu de choses rationnelles à dire à ce sujet, et c'est pourquoi je préfère la plupart du temps me taire, ou sinon écrire quelques pages dans lesquelles le silence tient la place la plus importante.

Un jour justement que je me concentrais sur les bruits lointains de la campagne, ma mère que je croyais morte depuis vingt ans est venue à ma rencontre dans le sentier. Ses mains étaient encore pleines de farine et j'ai été aussi très étonné de l'extrême jeunesse de son visage. Quelqu'un avait épinglé sur son vêtement un petit insigne royal parce qu'elle avait beaucoup combattu à la place de Dieu lorsque, vers la fin de l'enfance, mon frère avait éprouvé les tout premiers signes de maladie. Je m'émouvais de cette présence d'une extraordinaire douceur, et de cet esprit cartésien capable pourtant d'accepter et de vivre avec le profond mystère des choses. Sans surprise, et parce qu'elle continuait à s'en inquiéter, la conversation a beaucoup tourné autour de mon frère, et aussi de tous ces pauvres gens qui n'ont pas le nécessaire puis qui se retrouvent dans l'au-delà avec leur manteau troué et leurs vieux chapeaux sur la tête.

« Le Monde tel qu'il est a-t-il un avenir ? » lui ai-je demandé à un moment. « Oh, tel qu'il est, bien sûr que non, fit-elle en détournant un peu son visage. Mais, et tu n'es pas obligé de me croire, quelque chose de beau sortira de tout ce désordre et de ce manque de bienveillance. » En disant cela elle a pris mon bras et nous avons marché sans rien dire vers la maison. Arrivés à la petite porte à ressort nous nous sommes dit au revoir, et ensuite maman a rebroussé chemin et je l'ai perdue de vue parmi le feuillage. Après ça je suis allé flatter le dos du chien, et lorsqu'il s'est ébroué un peu de farine s'est répandue dans l'air.

25

Un journaliste m'a proposé de prendre le léger recul nécessaire et d'écrire pour moi ma biographie. Livia, dont je partage la vie depuis tant d'années, a affirmé avec son humour habituel que cela donnerait un ouvrage très court, vu que toutes mes journées se ressemblent : « Se lève dans les six heures. Nourrit le chien Pablo et le chat Lennon. Écrit son livre. Sort faire un tour à l'épicerie. Revient, fait la cuisine. Boit peu, abuse quelquefois cependant de cette herbe désormais légale au Canada. Reçoit la visite de son frère, flâne avec lui dans le jardin puis chez les vaches de monsieur et madame Vermeulen. »

Je ne détesterais pas que les rares flâneurs passant un jour devant ma tombe y lisent ces mots qui au fond diraient l'essentiel : « Il a beaucoup aimé ses parents, son frère et sa femme, a fait deux fois le tour de la terre à pied avec son chien, il a écrit des livres, puis il est mort. »

Vieillir ne comporte pas tant d'avantages, mais il y a au moins celui-ci : on se déleste du superflu. À partir d'un certain âge, la vie peut être formidablement légère. Je ne sais pas pourquoi la mienne en tout cas s'allège de plus en plus. Peut-être à bien y songer l'humour de Livia joue-t-il un rôle dans cette légèreté d'oiseau. L'amour qui dure, et qui en mûrissant ne conserve que ce qu'il faut, y a aussi assurément sa part.

26

Hier, le feu de camp a brûlé jusque tard dans la nuit. Livia est allée dormir vers minuit, mais Pablo, d'abord hésitant, a choisi de rester allongé auprès de moi. Pendant trois heures la lumière tremblante des flammes a joué sur ce pelage blond, ce corps massif. Un bruit de pas dans la forêt, le craquement soudain d'une branche morte écrasée par un sabot le tiraient parfois du sommeil. Puis il se rendormait et, j'imagine, reprenait là où il l'avait laissé son rêve simple.

Un curieux mécanisme interne, qui n'était pas exactement la mémoire mais une espèce d'excédent de pensée, me ramenait quant à moi quelques décennies en arrière. Je repensais à mon frère, qui s'était inquiété de me voir, à dix ans, si peu intéressé par les jeux de mon âge et si facilement séduit par cette étrange oscillation de fleur agitant l'âme humaine. Il avait déjà comme moi l'intuition que la vie pouvait être plus haute, en quelque sorte, ou moins bornée par le temps, et qu'en son centre, comme le noyau dans un fruit, était dissimulé un dispositif producteur d'avenirs. Mais, je l'ai dit, son destin prenait dès cet âge une voie différente du mien. Je m'accommodais de ma perplexité, de mon inquiétude, de mon insatisfaction et, de temps à autre, de ma fièvre. Il se troublait de sa hantise naissante, de sa détresse et de son inaptitude au bonheur.

Je ne suis plus si jeune maintenant, et pourtant le petit enfant stupéfié que j'étais continue de vivre dans mon corps. Un de ses soucis est d'embellir autant que possible mes jours. Il y parvient surtout en rétablissant en moi presque sans répit une légèreté grave, que j'entretiens d'ailleurs assez mal. Je me suis demandé à la fin, en observant les dernières braises rougeoyer dans le cercle de pierres noircies, si mon frère devenu homme fréquentait encore lui aussi le petit écolier qu'il a été, ou s'il avait irréparablement pris ses distances avec lui comme il l'a fait avec le reste du Monde.

27

Je me suis souvenu des premiers symptômes : son décrochage de l'école, l'étrange repli sur soi, la perte d'intérêt pour presque tout, les insomnies, les troubles de l'attention puis les si déroutants accès de paranoïa, le mutisme, l'émoussement de l'affectivité, la lente dislocation de la personnalité. Je réentends avec une sorte de terreur sa faible voix murmurant, dans un de ces moments de lucidité dont il a le secret, ces mots douloureux : « En moi, l'enchaînement des pensées ne se fait plus. J'essaye d'arrimer les uns aux autres les wagons du train mais je n'y arrive pas. Je ne suis même pas sûr qu'il y ait encore des rails. »

Je me suis d'autant rapproché de lui. Je cherchais à savoir ce qu'il pouvait m'apprendre sur l'incertitude humaine, la fragilité des perceptions, les trahisons du hasard et la nécessité du refus au moins partiel des théories et des modes d'emploi, qui ne remplacent jamais l'expérience d'un homme tenu de cohabiter avec son esprit. Je m'en suis remis à lui comme à l'un de mes maîtres les plus sûrs. Ça n'a pas été une si mauvaise idée : certains soirs, après sa journée de travail à la pépinière, lorsqu'il préfère l'ombre fraîche de notre jardin à l'austère désordre de son appartement, nous nous assoyons sur le petit banc et observons ensemble le ciel lentement pivoter. Et je sens se réinstaller entre nous une secrète connivence, le sentiment tragique de la déchirante douceur du monde.

Les années m'ont forgé une âme suffisamment solide pour résister aux assauts courants de l'existence humaine (grands chagrins, deuils, déceptions spirituelles, inconfort moral, malêtre, trahisons du corps, passage du temps, etc.). Cette âme communique la plupart du temps sans anicroche sa force à la pensée, réoriente quand il le faut la sensibilité, l'instinct, atténue ici et là les effets d'une peine, d'une épreuve, d'une erreur de jugement. Elle adjoint au corps des *états d'âme*, justement, lesquels, comme on le sait, sont le plus souvent indispensables à la bonne tenue de l'Être.

Mais l'espèce de quiétude que j'ai fini par acquérir lui est refusée. « Ça me désole de te le dire, mais c'est ainsi : pour moi, l'âme n'est pas à l'origine de la paix intérieure », me répète mon frère depuis quarante-cinq ans. Ce n'est pas qu'il pourrait vivre sans cette âme. Mais il voit bien que ce qui tend le ressort de son destin concerne bien davantage le bon fonctionnement d'une autre part de lui-même, qu'il ne parvient d'ailleurs pas à définir. Ce qu'il pressent, c'est que la question n'est peut-être pas de savoir si son âme lui sert à quelque chose mais, à l'inverse, de savoir si lui-même (son corps, sa volonté, son intuition, sa réflexion, sa sensibilité, sa force motrice, son énergie spirituelle, etc.) est à la hauteur, s'il se met adéquatement au service de cette âme. « Ce qui est sûr, l'ai-je entendu dire pour la première fois l'autre soir, c'est que je n'ai rien à attendre de mon âme, puisque c'est au contraire elle qui à l'évidence attend quelque chose de moi. »

28

Une fois, je l'ai appelé pour lui demander de venir repeindre avec moi la véranda. Une heure plus tard, le bruit métallique de sa bicyclette résonnait dans l'allée. Le vin rouge que nous avons bu avant de prendre nos pinceaux embellissait notre pensée, rétablissait dans le sang la chaleur que le court été ne nous prodiguait déjà plus autant. Quelques heures ont passé sans que nous quittions beaucoup le confort des coussins, sans que nous lâchions longtemps nos verres. À notre connivence coutumière s'ajoutait un calme prodigieux. Tout s'apaisait, peut-être parce que pour une fois nous consentions totalement au passage du temps.

« Je ressens de plus en plus que le temps marche derrière moi et qu'il me pousse dans le dos », lui confiai-je à un moment. Ces mots laissèrent mon frère songeur. « Hum », fit-il avec son habituelle économie de mots. Puis il a enchaîné avec cette phrase mystérieuse : « Tout est matière. Puisqu'il est admis que la lumière, par exemple, est bel et bien faite de particules, je ne vois pas pourquoi l'âme, la pensée, l'amour et, tant qu'à y être, le temps lui-même n'auraient pas aussi leurs photons, leurs atomes. » Ensuite nous sommes restés silencieux pendant un moment et le jardin nous a envoyé un peu de son parfum. Un colibri est arrivé, s'est arrêté devant nous l'espace d'une seconde ou deux et est reparti en piqué vers les roses. Dans l'ensemble je m'appuyais à mon bonheur, et, peut-être parce que je vieillissais, je me sentais capable d'affronter sans le briser les chagrins, les pertes et les difficultés qui m'attendaient au détour. Je savais bien sûr que mon frère n'éprouvait pas la même chose, et pour cette raison je lui ai versé encore un peu de vin.

Un jour, dans une école, de jeunes élèves que je visitais et qui me croyaient sage ou, pire encore, professeur de vérité, m'ont demandé s'il était possible d'être heureux la plupart du temps. « Euh, hum, houlala, ai-je commencé. À première vue, ça me paraît une tâche assez ardue. Mais j'ai un conseil pour vous. Après l'école, rentrez directement chez vous. C'est parmi les vôtres que votre bonheur a le plus de chances d'éclore et de durer. »

29

« Sans la soupe, disait mon père, l'existence humaine serait sinistre. » Celle que maman lui préparait et qu'il mangeait avec un gros morceau de pain noir le réconciliait avec sa vie difficile. Ma mémoire manque généralement de précision, et pourtant je le revois très clairement, après sa première cuillérée, se tourner vers ma mère et s'exclamer : « Mon Dieu ! Cette soupe a du génie. Chérie, il y a une heure j'étais accablé, mais me voici bienheureux. » Cette scène, dont j'ai mille fois été témoin durant l'enfance, a rehaussé toute ma vie. Il se peut que mon intérêt très ancien pour les potagers et les légumes remonte à ces instants où je voyais papa soudainement heureux en goûtant la minestrone de ma mère.

Dans les derniers temps de sa vie, maman cherchait encore quel sens donner à son long séjour sur la Terre. Elle me prenait à part, se confiait à moi au sujet de ses plus obsédantes inquiétudes. « Que laisserai-je en quittant ce monde ? » s'interrogeait-elle. Un jour de septembre, alors que nous étions tous les deux sous la petite véranda de la maison familiale, j'ai dit : « Apprends-moi à faire ta minestrone. » Les arbres commençaient à perdre leurs feuilles. La nature répandait partout sa lumière traversée d'or et de cuivre. J'ai rangé parmi les plus belles images de ma pauvre mémoire le souvenir impérissable de ce jour-là. Autour de la table et de la cuisinière où chauffait une marmite, j'étais initié au subtil mélange des légumes, du lard et des plantes aromatiques, au savant dosage des petites pâtes et du parmesan entrant dans la composition de la soupe qui rendait mon père si heureux.

Aux funérailles quelques années plus tard, le prêtre m'a demandé de dire quelques mots après l'homélie. Le moment venu j'ai quitté le long banc de bois où je m'étais installé entre mon frère et mon père, je me suis présenté devant l'auditoire rassemblé là et j'ai raconté cette journée de septembre pour moi inoubliable. À la fin j'ai cru bon de donner à tous ces gens présents dans l'église la recette de la minestrone de maman, en insistant sur l'importance de la fraîcheur des ingrédients, des dosages, de l'assaisonnement et de la qualité de la lumière ambiante.

Je croyais cet épisode ancien oublié par mon frère. Mais il y a quelques jours, à table, tandis justement que je lui resservais un peu de soupe, quelle ne fut pas ma surprise de l'entendre relater, avec des mots d'une hallucinante précision, ce moment si émouvant. On sentait, même, qu'il y avait longuement réfléchi, ainsi que le font les esprits obsédés. Sortant tout à coup de ses souvenirs, il a dit ceci : « Au fond, cette histoire de soupe est une hypotypose. » Ça le prenait, parfois : il utilisait de ces mots rares ou compliqués, venus de nulle part, non pas pour impressionner, mais parce que sa pensée fonctionnait ainsi, ça n'était pas une pensée simple qui analysait les choses de façon très limpide. On aurait dit que le Monde pour lui se déclinait en davantage de dimensions que les trois connues, et que pour l'expliquer il devait ici et là aller puiser dans un autre modèle d'univers. J'ai demandé : « Euh, qu'est-ce qu'une hypotypose ? » Il a paru étonné de la question, surtout venant d'un écrivain. « C'est une figure de rhétorique frappante, animée », m'a-t-il rappelé. Cette précision faite, il a observé un court silence puis a repris son idée. « Les poètes le savent : recourir aux images est presque toujours un moyen de répondre non pas à une faiblesse de la pensée mais à une espèce d'insuffisance de celle-ci, qui compense alors en adjoignant aux mots l'émotion qu'elle avait d'abord choisi d'ignorer. Je crois que, pour toi comme pour moi, l'image de la soupe est à jamais l'image même de papa et maman vivants. »

30

Ce soir, après le repas, je suis allé faire une visite à monsieur et madame Vermeulen, dont la ferme domine la Colline-aux-Étourneaux. Le soleil, déjà rouge, s'était immobilisé, comme il le fait souvent à cette heure, à faible distance au-dessus de la vieille clôture de broche ceinturant le pâturage. Pablo, qui s'était fait des amies parmi les vaches, s'est faufilé sous le fil de fer pour aller saluer sa préférée. J'arrivai sans lui à la porte de la maison de mes hôtes. « Vous tombez à pic, dit madame Vermeulen. Nous étions en train de planifier l'agrandissement du potager. Avec votre œil d'artiste, vous allez nous aider à visualiser tout ça. » La vérité est qu'ils n'avaient ni l'un ni l'autre besoin de mes conseils. Quarante années s'étaient écoulées depuis leurs débuts comme cultivateurs. Nous le savions tous les trois : ma pauvre expérience en matière de labours et de semis ne leur était nullement indispensable. Mais c'étaient des gens exquis, qui avaient été formés à l'esprit communautaire, et qui aimaient lorsque ceux qu'ils côtoyaient se sentaient compris et appréciés. Nous avons pris le thé autour d'une table de bois déposée le plus simplement du monde sur l'herbe. Pablo, qui en avait fini avec les vaches, était venu nous retrouver et, les yeux mi-clos, contemplait à présent le coucher du soleil. C'était une fin de journée d'une stupéfiante douceur, qui rendait la vie et la pensée faciles. Le bonheur me pousse aux confidences. À un moment la lumière a encore faibli, ce qui m'a un peu enhardi : « Pour dire très simplement des choses très complexes, j'ai mis du temps à être heureux. L'inquiétude et la peine que me causait mon frère ont pu, j'imagine, jouer un rôle dans ce retard. Mais Livia, la vie à la campagne, la proximité des bêtes, les fleurs du jardin, la beauté de certains soirs, tout cela aura beaucoup contribué à la venue de ma joie. De vous compter parmi mes amis aussi. » Là-dessus, monsieur Vermeulen s'est tu un instant, est devenu tout songeur, puis il a conclu avec ces mots : « À quoi sert l'amitié ? Peut-être à consoler le chagrin que l'amour a causé. »

31

J'ai tiré profit de mon passage au village aujourd'hui pour aller visiter mon frère chez lui. J'entendais à travers la porte le chant télégraphique de la perruche. J'ai sonné six fois, mais puisque personne ne répondait j'ai ouvert et je suis entré. Un désordre formidable régnait dans ce petit trois-pièces à moitié subventionné par l'État. Mon frère était allongé sur le canapé, absorbé dans la lecture d'un autre des innombrables recueils de poésie contenus dans sa bibliothèque. Le regard étonné qu'il m'a lancé quand j'ai franchi la porte me laissait croire qu'il traversait une autre de ses phases où il devient étrangement sourd et aveugle au Monde qui l'entoure. « Je t'aime profondément, lui dis-je en m'assoyant sur l'accoudoir élimé. Mais je trouve que ce logement est un cataclysme. » Je l'ai persuadé de faire avec moi un peu de rangement.

Nous étions au travail depuis un quart d'heure quand la vitre de la fenêtre du salon a soudainement volé en éclats. Nous n'avons eu le temps que d'entrevoir la brique traverser l'espace. Une fraction de seconde plus tard elle percutait le mur et tombait sur le plancher dans une bruyante et irrégulière série de petits soubresauts. Des bruits de pas qui s'éloignent à la course nous sont parvenus de dehors. Des voix criaient : « Fous le camp, le fou ! » Je me suis précipité dans l'allée, puis jusque sur le trottoir. Plus personne en vue, bien sûr.

Quand je suis revenu auprès de mon frère, il était recroquevillé entre le mur et le canapé, tremblant de rage et de peur. Mes pauvres étreintes ont fini par porter leurs fruits, et j'ai pu au bout d'une heure le convaincre de reprendre la lecture de son livre. Ensuite j'ai colmaté avec un bout de carton le trou laissé dans la vitre en me disant que j'allais devoir revenir plus tard pour réparer tout ça convenablement. Avant de partir j'ai arraché une page au petit carnet que je traîne toujours sur moi et j'ai écrit dessus ces mots : « N'ayez pas peur de lui. Il est bien plus terrorisé que vous ne l'êtes, et tout ce dont il a besoin est d'être rassuré. » Après j'ai attaché le papier à la brique avec une ficelle et, une fois dans la rue, j'ai lancé le tout le plus loin possible dans la direction prise une heure plus tôt par les petits trous du cul en fuite.

32

J'ai fini par comprendre qu'il recherchait dans la lecture au moins un peu de la proximité humaine qu'il ne trouve pas dans sa vie. Livia et moi étions attablés sur la terrasse lorsque mon frère a poussé la petite porte à ressort qui donne accès à la cour. À distance, on pressentait déjà à sa seule façon de marcher (comme frappant le sol à chacun de ses pas) qu'il était contrarié. Son visage crispé, ses sourcils froncés et le roman que je lui avais prêté et qu'il m'a jeté à la figure nous le confirmèrent. « La lecture me lasse, lâcha-t-il, si en m'autorisant à côtoyer les êtres elle n'ajoute rien à ma compréhension des âmes. Ce roman est un somnifère. » Je m'en suis voulu d'avoir cherché aussi bêtement à le divertir. J'aurais dû me rappeler que son existence était déjà suffisamment peuplée de fantômes : ce qu'il voulait retrouver dans les livres, c'était le contraire de ces personnages qu'on traverse sans les voir et sans les toucher. Il marchait de long en large devant nous en agitant les mains, en proie à une vive agitation, à ces soudaines sautes d'humeur qui accompagnent presque toujours ses délires paranoïaques. « Cet écrivain croit expliquer son héros, répétait-il. Il ne fait que l'affubler d'habitudes. » Livia tentait de l'apaiser. Elle lui a proposé de s'asseoir un instant et de manger un morceau en notre compagnie. « Mais je ne veux pas manger ! a-t-il répondu, furieux. Je veux que les livres changent ma vie ! J'en ai assez de ces écrivains qui au lieu d'écrire accablent de mots leurs phrases, comme s'ils n'étaient que des commentateurs, de simples employés ou, je ne sais pas moi, des publicistes ! » Puis il a tourné les talons, a poussé en sens inverse la petite porte à ressort, et, de loin, nous avons entendu le bruit de sa bicyclette déraper rageusement sur le gravier de l'allée.

33

Pablo et moi rentrions à la maison par le chemin de la Croix-Blanche lorsque la pluie nous a surpris. La petite cabane délabrée située en contrebas de la côte, abandonnée depuis des années et convertie en une espèce de repaire par les enfants du pays, allait nous fournir l'abri idéal en attendant la fin de l'averse. Nous nous y sommes engouffrés, trempés, au terme d'une brève course sous un ciel barricadé de lourds nuages noirs. Un jeune coyote sévèrement blessé au flanc y avait avant nous trouvé refuge. Pablo a tout de suite reconnu dans ce cousin effrayé par notre intrusion un allié digne de respect. L'instinct de solidarité, mais peut-être davantage encore l'amour dont ce chien déborde, l'a immédiatement poussé à s'allonger contre le malade afin de lui prodiguer la chaleur et le réconfort moral nécessaires. J'étais en comparaison singulièrement inutile, mais j'espérais au moins que mes paroles apaisantes agissent sur cet esprit et ce corps souffrants.

Un animal à l'agonie devient vite une prise facile pour ses prédateurs. Je décidai de jouer le rôle de sentinelle et de veiller à ce qu'aucun importun ne franchisse la porte. Il n'y avait rien d'autre à faire : mon peu de connaissances en soins vétérinaires m'interdisait de risquer une intervention qui aurait pu mal tourner.

Les heures ont passé. J'appelais Livia à intervalles réguliers pour lui faire rapport. Mon frère, prévenu par elle, est arrivé vers la fin de l'après-midi avec une gourde remplie d'eau et quelques morceaux de viande finement découpée. Le mourant, naturellement méfiant envers moi, acceptait de la part de ce nouveau venu les secours les plus empressés. Je laissai Pablo et mon frère s'activer délicatement, si je puis dire, et faire de leur mieux, chacun à sa façon, pour adoucir le passage vers la mort. J'acceptais de rester à distance, là où en quelque sorte on me reléguait.

Les derniers bilans de santé furent alarmants : le coyote à présent dépérissait à vue d'œil. Sa mort coïncida avec les premières ombres du crépuscule, auxquelles peut-être sa jeune âme se mêla avant d'entrer pour de bon dans la grande nuit noire de l'inconnu. L'enterrement eut lieu devant la cabane. Mon frère creusa le trou de ses propres mains, comme on creuse en soi-même, me sembla-t-il, à la recherche d'un peu de lumière.

34

Le soleil avait presque achevé sa course, et, à cet endroit de la Terre où la pente est plus raide qu'ailleurs, amorçait à présent sa descente. J'étais né dans la journée, et mes parents, pressentant peut-être déjà mon intérêt pour les bêtes, avaient confié au chien ce soir-là de veiller sur moi jusqu'au matin. Ce gardien au long museau tendre et humide, au corps pour moi plus haut et plus robuste qu'un meuble de salon, s'était posté à mes côtés, sur le flanc gauche du petit lit de séminaire descendu du grenier. J'avais sa grosse tête au-dessus de moi, et ses oreilles molles, quand il se penchait pour me renifler, me couvraient la face tout entière. J'avais rencontré dans l'autre monde bien des animaux admirables, mais ce chien se trouvait dans une classe à part. C'était un poète, chose rare chez les épagneuls roux. Ça se voyait à sa façon de sans cesse remuer son âme et de l'attendrir. Il y avait de l'infini dans ce regard imprégné d'une seconde conscience, d'une intuition si forte de l'invisible. Il était trop tôt pour que je sache bien lui exprimer le fond de ma pensée, mais qu'importe : une mystérieuse communication s'établissait entre nous. Je faisais auprès de lui quelques projections d'avenir. Je m'imaginais dans les métiers de l'automobile, ou sinon dans le commerce des faux billets, ou encore dans celui des œufs de poule. Il n'avait rien contre, mais il me faisait comprendre avec beaucoup de douceur qu'un destin d'écrivain m'attendait plutôt, et qu'il serait bon de l'envisager au moins un peu. Puis j'entendais mon grand-père Raoul qui toute sa vie avait fumé et qui ce soir-là, couché dans la petite chambre du fond, toussait dans son sommeil. À un moment j'ai dû m'assoupir parce que lorsque j'ai ouvert les yeux il faisait jour et le chien avait son museau posé sur moi. On entendait à distance mon grand-père réciter sa prière en latin mais avec de grands bouts en français, parce qu'il n'était pas doué pour les langues anciennes. Deux ans plus tard mon frère est né à son tour, mais le chien cette fois a senti que quelque chose ne tournait pas rond. Pendant un an, tous les jours et toutes les nuits pendant de longues heures, cette brave bête est restée plantée au chevet du petit corps, observant sans doute les quelques ombres qui déjà planaient au-dessus du berceau.

35

J'ai eu envie de remplacer la vieille table sur laquelle, depuis trente ans, nous prenons la majorité de nos repas. Il y avait dans la remise tout le matériel nécessaire à la fabrication d'un nouveau meuble : planches, vis, colle, papier abrasif, vernis. Monsieur Chung, me voyant de sa fenêtre disposer les outils sur la pelouse, est venu m'offrir son aide. « J'ai posé une étagère, une fois, s'est-il rappelé en me serrant la main. Je suis votre homme. » Sa technique cependant me faisait craindre le pire. « En Corée, on ne mesure rien, dit-il, tout sourire, en s'emparant de ma scie et de la première planche. Tout se fait à l'œil. » J'essaye le plus possible de favoriser dans ma vie comme dans celle des autres les comportements affables et bienveillants. J'ai appris avec l'expérience que cette façon de vivre en société est l'équivalent mécanique d'un lubrifiant entre deux pièces mobiles. Rien ne m'aurait plus attristé que de provoquer une surchauffe dans la bienveillance de monsieur Chung. Je laissai donc mon agréable voisin scier à sa guise le bois de ma future table. Le résultat, comme prévu, fut navrant d'asymétrie. « Allons au jardin boire un verre », proposais-je à cette étape de l'hécatombe.

C'était un de ces après-midi d'été où presque rien dans la nature ne bouge à part quelques feuilles et la lumière du jour, hésitante sur les murs des bâtiments. Du cœur de monsieur Chung continuait de monter l'habituel et réconfortant ronronnement de bonté. « Je vous aime bien, me dit-il après son troisième verre de bourbon. J'ai lu presque tous vos petits livres, et laissez-moi vous dire une chose : la plupart sont *considérables.* » J'ai été tenté de lui demander de préciser sa pensée et de me dire ce qu'il entendait par ce mot, *considérables.* Mais je trouve que mes livres ne sont pas un sujet de conversation si intéressant, et c'est pourquoi j'ai préféré faire dévier la discussion sur autre chose. « Parlez-moi de la Corée du Sud », ai-je rétorqué. Alors il s'est avancé sur le bout de sa chaise et, souriant comme jamais, m'a dit ceci : « Savez-vous que l'animal qui représente mon pays natal est le tigre ? C'est une bête *considérable.* » J'ai été amusé, puis ému, du fait que les tigres et mes livres évoquaient en lui le même sentiment de considération. C'était pour ainsi dire, depuis le temps que j'exerce ce métier d'écrivain, le plus touchant commentaire critique qu'on m'ait adressé. Après j'ai vu monsieur Chung procéder en lui-même à une espèce de changement de registre, comme un chanteur en un clin d'œil adapte sa voix aux paroles d'une ballade tout à coup plus confidentielle, plus tendre. « À la pépinière l'autre jour, j'ai conversé bien aimablement avec monsieur votre frère. Quoi qu'on en pense, c'est, en dépit de son *état*, un homme d'une grande force spirituelle, un tigre. » Alors pour la première fois depuis longtemps j'ai eu envie de pleurer de joie puisque, soudainement, je n'étais plus seul à comprendre la vraie nature de mon frère. Ensuite j'ai été heureux d'être encore à mon âge à ce point capable de rire, et d'aimer les gens aussi, parce que si la vie malgré tout est belle c'est quand même en bonne partie en raison de tous ces gens *considérables* qui la traversent.

36

Souvent, lorsque le temps est bon, je propose à mon frère de venir avec moi se balader en auto. Nous disons au revoir à Livia et nous embarquons tous les deux dans la Prius. « J'aime bien ce véhicule, m'a-t-il dit il y a deux jours, une fois bien sanglé sur le siège. Il te ressemble : silencieux, fiable, sans mauvaises surprises. » Avec un bon compliment, je peux vivre deux semaines. Celui-là me durera bien un mois.

Nous sommes passés devant la ferme à bœufs de monsieur Bernard, puis devant le grand entrepôt à farine de la coopérative. Plus tard nous avons traversé le pont qui enjambe la rivière et ensuite j'ai poussé encore un peu dans les montagnes, et je me suis engagé dans les lacets de la route panoramique. Le village, sur notre gauche, reposait dans le fond de la vallée. « Rien n'est plus beau que ce pays », dis-je, songeur, avec au cœur un étrange déchirement. Mon frère ne parlait pas, mais je ne m'étonnais plus depuis longtemps de ce mutisme de façade, intérieurement mitraillé de mots. Au bout d'un temps, pourtant, et comme en réponse à mon commentaire, il a déclaré ceci : « Les gens comme toi, je veux dire les écrivains, s'émeuvent plus douloureusement que nous autres, les normaux, devant ce monde catastrophique et merveilleux, traversé de beauté, de drame, d'humour et de désolation. » C'était la deuxième fois ce jour-là que je l'entendais dire qu'il m'aimait.

37

Dans les dernières heures de sa vie mon père a rassemblé ses forces, a décroché d'une main tremblante le combiné et m'a appelé pour me dire de venir à son chevet. C'est la seule fois où cet homme doux et peu autoritaire m'a donné un ordre : je n'avais eu droit pendant quarante ans venant de lui qu'à des sourires de connivence, des encouragements, des confidences, des déclarations solennelles, des conseils de prudence. Un foulard enroulé autour du cou, j'ai quitté la maison en hâte et j'ai roulé jusqu'en ville. Mon frère était à son chevet quand je suis arrivé dans la petite chambre où une infirmière venait de lui remonter ses oreillers. On sentait que pour lui le temps pressait. Je n'ai pas aussitôt été assis sur le bord de son lit qu'il nous a demandé : « Combien de trucs idiots avez-vous faits dans votre vie ? » Trois ou quatre secondes de réflexion ont suffi à mon frère. « Environ quatorze », dit-il. Pour moi, c'était un inventaire plus difficile à faire parce qu'il y en avait bien davantage. J'ai répondu à papa : « Oh, euh. Hum. Par ordre alphabétique ou chronologique ? » Ça l'a fait rire, mais très brièvement, parce qu'une douleur l'a saisi dans les côtes, et alors j'ai été heureux et triste en même temps à cause de la vie qui, désormais, ne parvenait plus bien à résister aux assauts de la mort. Ensuite en reprenant son souffle il a ajouté ceci : « J'ai moi aussi fait pas mal de bêtises. Mais la plus regrettable est de ne vous avoir jamais dit en termes clairs combien je vous aimais, tous les deux. » Ça vous prenait aux tripes d'entendre une phrase pareille, à une heure pareille. Seulement nous n'avons pas eu le loisir de poursuivre la discussion parce qu'à ce moment les choses ont commencé à mal tourner et j'ai dû aller chercher l'infirmière. Même si la mort est venue tôt dans la soirée, ce n'est que quelques heures plus tard, après avoir raccompagné mon frère chez lui, que j'ai réellement commencé à être orphelin. On meurt toujours deux fois : à l'instant du dernier souffle, puis à celui où les gens qui nous aimaient, une fois la stupéfaction passée, versent leurs premières larmes.

38

L'été s'était achevé durant la nuit et, le lendemain, le soir était venu plus tôt que d'habitude. Nous avions tous les trois consacré la journée à travailler au jardin. J'avais confié à mon frère la tâche de diviser les plus imposantes de nos touffes de plantes vivaces en les séparant avec la bêche, puis, afin que les racines ne sèchent pas, d'en replanter immédiatement les éclats en divers endroits du parterre. Une besogne plus éreintante m'avait été imposée par Livia, qui tenait à ce que je rentre le bois de chauffage avant les grandes pluies d'automne. Elle-même ne ménageait pas ses efforts afin de remettre en état de marche la vieille brouette à citrouilles. À peine dissimulé dans les taillis, Pablo hésitait, dormait une heure sur le flanc gauche, puis soulevait son grand corps et l'allongeait aussitôt sur le flanc droit. À l'heure où le soleil s'arrête un instant avant de passer par-dessus le pignon de la maison, nous nous sommes attablés à l'ombre des arbres. Du thé bien chaud fut servi, que nous avons bu en écoutant le bruit des machines agricoles résonner au loin dans les collines.

Je réfléchissais tout haut : « Je me demande ce que papa penserait de ce jardin », ai-je dit. « Laisse-le tranquille, a répondu mon frère, rajustant autour du cou son épais foulard. Tu ne peux pas toujours transporter sur ton dos le cadavre de papa. » Après quoi d'autres heures ont passé et j'ai allumé le feu de camp. Ensuite la nuit s'est avancée, nous nous sommes rapprochés un peu plus des flammes, et même si ça n'était sans doute que l'effet de la marijuana il faisait bon voir mon frère sourire.

39

Ses émotions ne sont pas toujours en accord avec son état d'esprit. Il arrive que mon frère rie alors que nous discutons de sujets graves. Ce soir, la bonne blague que je lui ai racontée l'a fait pleurer. Mais je tiens à dire ceci : jamais il ne joue la comédie et n'adopte une autre personnalité que la sienne. Son attention, sa mémoire, ses capacités d'apprentissage et de compréhension peuvent être perturbées. La maladie néanmoins n'altère en rien ses capacités intellectuelles. Simplement, elle défavorise horriblement la mise en œuvre de ces capacités.

On l'a vu : je tente souvent de l'animer un peu en parcourant nos souvenirs communs. « Tu te rappelles la vieille auto de papa ? Toujours en panne quelque part, et papa qui continue à pied ou en métro. » Mais il ne conserve de ces représentations mentales qu'une image mystérieusement inaccessible. Et cependant, je trouve d'une fabuleuse précision ses mots pour décrire ce phénomène : « Je pense que la plupart de mes souvenirs sont comme des lettres cachetées dont le timbre aurait été retiré à la vapeur. »

Je dirais que, depuis trente ans, pas une de mes journées ne se passe sans que j'écrive au moins quelques lignes. C'est un exercice très salutaire pour quelqu'un comme moi dont l'esprit est sans domicile fixe, et qui refuse d'obéir aux ordres de son propriétaire. Peut-être un jour saurai-je pourquoi, mais toujours est-il que je ne me sens maître de moi-même que lorsque j'écris. Malheur à celui qui me confie la tâche hasardeuse de parler en public : le discours oral ne me convient pas, et je finis une fois sur deux par dévier du message que j'étais censé livrer, parce que mon esprit, je l'ai dit, ne se fixe sur rien et me conduit je ne sais où. Voilà qui peut s'avérer assez divertissant, mais surtout étonnamment contre-productif. Bon sang, papa et maman, pourquoi avoir si bizarrement mêlé vos gènes lors de ma conception ? Oh, mais assez parlé de cet esprit qui plus souvent qu'à son tour me désespère. Celui de mon frère est plus émouvant, plus déchirant surtout. Ces mots, murmurés par lui ce matin, m'inspirent encore une frayeur sans nom : « Souvent, je m'enferme chez moi à double tour et je me cache sous les draps. Les voix terribles que j'entends dans ma tête, et les visions qui m'apparaissent, continuent pendant des heures. Toi, si tu es pourchassé par un malfaiteur, tu as toujours la possibilité de courir te mettre à l'abri. Moi je ne le peux pas. Le malfaiteur est dans mon cerveau et je ne peux pas m'enfuir. Ma seule porte de sortie est ce jardin où je te retrouve presque chaque jour et dans lequel résonne le pépiement si rassurant des oiseaux. Et encore : il arrive que même les oiseaux ne me suffisent plus. Alors il ne me reste que les pages des poètes. »

40

Je tente tous les trois ou quatre ans en moyenne de réimplanter dans son esprit l'idée d'une thérapie. Il y a une semaine, j'ai réussi à le convaincre en lui promettant de l'accompagner à chacune des séances. « Dis-toi que papa et maman seraient heureux de te voir t'occuper ainsi de ta santé », lui dis-je pour l'affermir encore dans sa décision. « Papa et maman sont morts et n'éprouvent donc plus aucune émotion, me répondit-il. Ne sois pas si puéril. » Quoi qu'il en soit, nous nous sommes rendus ensemble, dans la Prius, chez le professionnel sollicité par mes soins.

Le petit cabinet où nous avons été reçus a tout de suite déplu à mon frère. Son côté *bien rangé*, sans aspérités, glacialement formel, a provoqué dans ce cerveau décousu une impression d'attaque frontale. « Ce bureau est un bulldozer, a dit mon frère en y entrant. Il aplanit tout. C'est atrocement angoissant. » Notre hôte cependant ignora habilement ce commentaire et nous invita à nous asseoir. « La thérapie, commença-t-il, permet au malade de comprendre pourquoi il n'a pas pu se construire un espace intérieur personnel. Elle l'aide également à trouver, pardonnez-moi cette expression, sa *béquille* pour affronter la vie. » Puis, s'adressant plus directement à mon frère : « Je crois comprendre, à la lecture du dossier que m'a transmis le docteur Dumontier, que vous aimez beaucoup les oiseaux et la lecture ? Voilà peut-être un aspect particulier dont, s'il est valorisé, vous pourriez tirer profit. Apprenez à vous appuyer sur ce trait de votre personnalité. Ce pourrait être votre soupape. » J'étais personnellement ravi de la tournure que prenait la conversation. Je me disais que la pensée de cet homme, à l'image de son cabinet, était d'une précision somme toute peut-être salvatrice.

Mon frère ne l'entendait pas de cette oreille. J'avais remarqué par le passé qu'à ses montées d'angoisse correspondait souvent une certaine altération de ses sens. Un accès d'hallucinations olfactives s'empara de lui. Ces mots inoubliables furent prononcés : « Y a-t-il une vache dans ce cabinet ? Ça sent la vache, ici. Je n'aime pas les vaches. » Ensuite il s'est levé puis, en proie à une nervosité croissante, les mains moites et les cheveux rebondissants, s'est mis à marcher dans tous les sens, à reproduire ce mouvement de va-et-vient que je lui connaissais trop bien. Les appels au calme du psychiatre ne firent qu'aggraver la crise. « J'entends le bruit des chars, répétait mon frère, à présent franchement affolé. L'armée arrive ! Ils vont m'embarquer ! Ils vont m'envoyer à la guerre ! Je suis un homme mort ! » De longs pourparlers entre lui et moi ont été nécessaires avant que la tension redevienne à un niveau supportable. Les tentatives de la part du médecin ne menaient quant à elles nulle part. Je réalisais comme toujours, et avec une espèce de douleur accablée, que j'étais le seul dans ce monde à pouvoir approcher mon frère et à au moins un peu le raisonner. J'ai prié le psychiatre de nous excuser et je suis sorti avec mon frère dans la lumière dorée du matin, parmi le bruissement des arbres. Ce corps que j'étreignais de mon mieux était encore secoué de tremblements. Ils cessèrent bientôt. Dans les branches, deux merles bavardaient de choses et d'autres.

41

En allant faire quelques courses, j'ai rencontré monsieur Chung au marché du village. « Le bouddhisme, me dit-il sans autre préambule, considère qu'il existe trois poisons pour l'esprit : l'avidité, la colère et l'ignorance. Je suis facilement venu à bout de mon avidité et de ma colère. Mais je demeure l'un des hommes les plus ignorants que je connaisse. » Il m'a dit cela d'un air songeur, comme en pensant à autre chose. Le lourd sac de betteraves qu'il portait sur l'épaule ne semblait en rien le gêner : on voyait qu'il était habitué à la rude vie paysanne.

Nous parcourions ensemble les allées, captant au passage le parfum minéral des étals débordant de végétaux, de fromages, de bocaux de miel. « Qu'entendez-vous au juste par *ignorance ?* » me suis-je risqué à lui demander. « Je ne parle pas d'un quelconque manque d'érudition, commença-t-il. Je parle d'une insuffisante connaissance de moi-même. J'aurai soixante-seize ans le mois prochain, et je ne sais toujours pas bien ce qui s'agite au creux de ma pensée, de quoi est faite au juste ma personnalité, de quel bois se chauffe ma nature profonde. » Puis, désignant de l'index son fardeau : « Il me semble certains jours n'être spirituellement pas très différent de ce sac de betteraves. »

Ensuite nous nous sommes arrêtés devant le kiosque de tomates de monsieur et madame Vermeulen. J'en ai sélectionné quelques-unes parmi les plus mûres, que j'ai offertes en cadeau à monsieur Chung. « Je suis comme vous, l'ai-je assuré, et sans doute comme une majorité d'hommes et de femmes. Pas plus impressionnant qu'un sac de betteraves. » Puis nous avons beaucoup ri, et à ce rire qui s'élevait bien haut au-dessus du marché correspondait en monsieur Chung et moi un infime processus de vieillissement, une espèce de mûrissement.

42

À la pépinière, c'est un employé respecté dont on apprécie la réserve et le silence. Cette discrétion toutefois lui nuit à l'occasion. Un soir du mois de juin, tandis qu'il venait de terminer son quart de travail, il s'est assis un instant dans le fond de la serre, dissimulé derrière les longs plants de *sansevieria trifasciata*. La fatigue d'une longue journée d'arrosage s'est vite propagée dans son corps et l'a fait sombrer dans le sommeil. Le propriétaire, croyant qu'il avait déjà quitté les lieux, verrouilla comme chaque soir la grande porte de la serre et rentra chez lui, laissant ainsi mon frère enfermé pour la nuit. Celui-ci s'éveilla vers minuit à côté de son arrosoir vide et parmi le parfum entêtant des plantes ornementales. Le bruit de pas des petits animaux trottinant de l'autre côté de la paroi vitrée, les grandes ombres immobiles, les deux ou trois spectres promenant entre les plantes leur corps éthéré ne lui avaient inspiré aucune peur. « Le pur silence, m'a-t-il confié plus tard, le temps comme suspendu, la chaleur résiduelle de cette longue journée d'été, la lueur des étoiles magnifiée par le verre du plafond, tout cela m'a fait croire que j'étais passé dans la mort. »

43

Les étoiles étaient hautes dans le ciel quand il est venu frapper à notre porte. « Bon sang, mais que fais-tu ici à deux heures du matin ? » ai-je demandé, inquiet, en le prenant par le bras pour le faire entrer. J'ai cru comprendre par sa réponse énigmatique qu'il traversait une sorte de crise mystique : « Pourquoi Dieu ne m'aime-t-il pas ? Après tout, c'est son métier d'aimer les gens. » Je l'ai prié de m'attendre au salon pendant que j'allais retirer mon pyjama et enfiler quelques vêtements. Dans la chambre, Livia dormait à poings fermés, mais le chien, excité par cette inhabituelle activité nocturne, allait et venait entre les meubles avec au cœur la joie puérile de son espèce. Quoique troublé à l'idée de laisser Livia derrière, il m'a suivi lorsque j'ai redescendu l'escalier.

Quelques planètes familières (Jupiter, Saturne, Mercure) ont bougé imperceptiblement quand nous sommes sortis de la maison avec mon frère. Puis deux d'entre elles se sont immobilisées, cependant que l'autre continuait sa course vers l'ouest. Sous nos pas, le sentier, qui durant tout le jour avait emmagasiné la lumière, semblait rétroéclairé. Pablo, candide, croyait voir dans chaque ombre un signe de vie, la manifestation d'une réalité cachée mais cherchant à attirer son attention, et je me disais qu'en somme l'esprit de ce chien ne différait pas tellement de celui de certains humains. Dans le tournant qui mène à la rivière, mon frère a dit : « Je crois en Dieu. Je n'ai d'ailleurs pas le choix : dans cette vie, il n'y a pas moyen de faire autrement. Mais lui ne me paraît pas tellement croire en moi. » Ensuite encore d'autres astres ont remué, modifiant sensiblement l'allure générale du ciel. Nous marchions sans trop parler, mon frère observant le sol où il posait les pieds et moi scrutant le ciel. « Pourquoi dis-tu toujours que tu es athée, s'avisa-t-il soudain, alors que tu parles de Dieu partout dans tes livres ? On jurerait qu'il t'accompagne. » C'était une question que j'avais souvent entendue, en particulier de la part des croyants. « Je suis sûr que Dieu n'existe pas, dis-je en regardant Mercure lentement disparaître sous l'horizon. Mais il existe en moi un besoin de Dieu dont je n'arrive pas à me débarrasser. »

44

Quand le temps est bon, je vais à la ferme de monsieur et madame Vermeulen rendre visite aux chevaux. Une jument que mon arrivée à l'écurie semble amuser m'accueille chaque fois avec des hennissements de joie et de curieux petits mouvements d'oreilles. Je détache alors la longe de cuir qui la retient à l'anneau et nous partons faire ensemble quelques pas dans la campagne. Nous marchons côte à côte le long des champs et des vieilles clôtures, nous traversons le pont de bois, poursuivons encore notre chemin vers les collines. J'essaye dans ces moments-là de mettre de côté mes réflexes d'écrivain, mais je n'y parviens pas toujours : la plupart du temps, je me surprends à étudier ces structures de fleurs entrevues parfois dans certains silences. Ceux de ma jument m'intriguent singulièrement. J'ai le sentiment qu'elle traîne depuis longtemps, peut-être depuis toujours, une crainte sourde de n'être pas comprise. « Mais c'est de ta faute, lui dis-je. Tu ne profites pas des occasions que je te donne pour t'expliquer, sinon avec des mots, du moins avec des actes. Tu refuses les exercices et les apprentissages auxquels je tente de t'initier. Ta vie se passe en vaines rêveries, et le seul enseignement qui te plaît est celui que tu sembles si mystérieusement trouver au milieu du silence de ces collines. »

Nous restons ainsi de longues heures à marcher parmi les herbes hautes. Bien des fois, profitant de mon extrême proximité, elle détourne brusquement vers moi sa grosse tête chevelue et, d'un coup de museau incroyablement précis, envoie virevolter mon vieux chapeau de paille. Je connais cet humour, pour avoir souvent vu Livia le pratiquer sur moi. Et à bien y songer je reconnais, aussi, ce goût pour les promenades silencieuses, et ce sentiment de n'être pas compris par une majorité de gens : c'est ce qu'expérimente chaque jour mon frère.

Il est toujours tard lorsque nous rentrons à la ferme. Je ne quitte ma compagne qu'après l'avoir laissée longtemps appuyer sur mon épaule son beau museau de soleil.

45

J'étais occupé à remplacer quelques planches de la grange lorsque j'ai entendu, dans mon dos, le bruit de pas d'un de mes chiens les plus aimés, mort il y a longtemps. Penché sur lui, j'ai mouillé de mes larmes l'épais pelage nocturne, tenu dans mes mains ce torse puissant où battait encore un cœur d'or. « D'où reviens-tu ? D'où reviens-tu ? » lui demandais-je sans cesse tandis qu'il me tournait autour en sautillant de joie, faisant dégringoler au passage ma pile de planches. Puis ça s'est calmé et nous sommes allés comme avant nous asseoir côte à côte sous le bouleau. Le soir venait, les premières étoiles s'animaient au-dessus de la maison. Des oiseaux qui s'étaient attardés dans les arbres à fruits rentraient maintenant au nid en prenant quelque raccourci. Je veux bien tenter de décrire le Monde tel qu'il est, mais quelque chose manque au réel. L'apparition périodique de fantômes dans ma vie est peut-être le moyen qu'a trouvé mon cœur pour combler le plus concrètement possible ce manque.

Seulement le mois dernier, j'ai rencontré trois de ces fantômes. Deux d'entre eux m'étaient familiers, et c'est pourquoi la conversation entre nous est demeurée générale, un peu superficielle, comme lorsqu'on croise sur son chemin un cousin lointain et effacé. Le troisième, qui d'habitude logeait au fin fond de ma mémoire, m'est apparu en chair et en os, si j'ose dire, pour la première fois de ma vie d'adulte. C'était mon grand-père Raoul mort en 1969 et qui, l'air soucieux, venait à présent frapper à notre porte. « Je suis venu te dire que tu te trompes », me déclara-t-il d'emblée, sa casquette de laitier enfoncée sur la tête. « J'ai lu récemment, poursuivit-il, quelques-uns de ces livres que tu écris. Toutes ces phrases sur la mort c'est bien joli, mais ça n'est pas comme ça que tu attireras les lecteurs. Les gens veulent se divertir. » Ça m'a un peu déprimé, alors pour me changer les idées il m'a proposé d'aller marcher dans la campagne.

Là-haut le soleil faisait en parcourant le ciel comme un bruit d'essieu un peu rugueux, et je me disais qu'il fallait mettre cette anomalie sur le compte des temps difficiles que traverse le Monde de nos jours (bouleversements climatiques, crise des migrants, capitalisme sauvage, terrorisme, retour en force de la pensée religieuse, montée de la droite, épidémies). En dépit de cela j'étais heureux d'être là, en compagnie de mon grand-père mort il y a cinquante ans. « Qu'est-ce que l'amour, et qu'est-ce que le temps ? » lui demandai-je tandis que nous nous approchions de la vieille barrière à demi effondrée. « Bon sang, je n'en sais trop rien », dit-il en lissant rêveusement sa grosse moustache. Ensuite j'ai pris des nouvelles de grand-maman et de quelques grands-oncles depuis longtemps disparus. Après quoi le soleil a encore franchi un peu de distance, pour ensuite s'immobiliser dans les plus hautes branches. J'ai profité de ce temps suspendu pour réfléchir encore un instant à cette chance inouïe qui m'était donnée de pouvoir vivre dans un corps sans maladie, de n'avoir pas à courir après l'argent, et de sentir chaque jour ma vie se simplifier au fur et à mesure que je vieillissais. « Que faire pour aider mon frère ? » interrogeai-je encore mon vieux compagnon. Il est resté pensif pendant un moment, puis : « J'ai connu un type, autrefois, commença-t-il, qui souffrait d'un mal étrange. Chaque fois que la pluie tombait, il devenait sourd. Je crois que le mal dont souffre ton frère est de la même famille que celui-là. C'est trop demander à son extrême sensibilité de vivre dans ce monde orageux, plein de grisaille et de crachin. En un sens, ton frère se bouche les oreilles et regarde ailleurs. Si tu veux l'aider, regarde dans la même direction que lui. »

46

Le patron de mon frère est venu me voir. « J'adore ce gars-là, m'a-t-il dit d'emblée quand nous nous sommes assis au jardin. C'est un employé discret, doué avec les plantes, ça oui. Pas toujours très ponctuel, mais d'une grande efficacité dans la serre. » Il s'exprimait plutôt aisément, et cependant on devinait par les petites pauses qu'il insérait entre ses phrases qu'il était davantage à son aise avec le silence. Ses grosses mains terreuses restaient posées sur la table. De grands yeux bleus étonnés illuminaient cette face d'adolescent de cinquante ans. « Je l'adore, ça oui. Mais il y a un problème. Il s'habille comme un clochard. Moi je veux bien le garder, ça oui, à la pépinière c'est mon meilleur employé, je le jure. Mais avec ces guenilles sur le dos, il fait fuir la clientèle. Ah j'ai essayé de le convaincre de se vêtir comme un homme réglementaire. Mais votre frère c'est un entêté, ça oui, on peut le dire. Alors voilà, je suis venu vous demander d'intervenir si possible et de l'encourager à *s'habiller* avant de se présenter au travail. »

Le soir j'ai téléphoné à mon frère et lui ai dit que j'allais le lendemain l'accompagner chez Lafortune et fils pour lui acheter de nouveaux vêtements. Monsieur Lafortune lui-même nous a accueillis dans sa boutique de la rue Principale. C'est un homme charmant et d'une gentillesse extrême, qui d'habitude sait s'y prendre avec les gens difficiles à satisfaire. Mais il faut bien l'admettre : ce que mon frère recherche, que ce soit le bonheur, la paix de l'esprit ou une culotte qu'il aime, n'est pas de ce monde. Deux heures au moins passèrent à essayer les pantalons, les chandails, les chaussettes proposés par monsieur Lafortune. Épuisé, j'ai finalement remercié ce dernier et suis reparti avec mon frère sans avoir fait le moindre achat.

Le retour à la maison a été tendre : Livia nous attendait avec du thé bien chaud. Le soleil descendait par degrés derrière la grange, déjà la lumière changeait et laissait sa place à quelques ombres qui se répandaient sur le jardin comme des taches d'huile. Le chien et le chat dormaient l'un contre l'autre dans un bosquet. Installée dans le hamac, une épaisse couverture recouvrant son beau corps rassasié de songes, Livia relisait pour la centième fois le même petit livre formidable. À un moment mon frère s'est levé et est entré dans la maison. Il en est ressorti un quart d'heure plus tard avec un gros sac plein de mes vêtements, subtilisés par lui dans mes tiroirs. « S'il me faut absolument être un autre que moi-même, annonça-t-il, c'est à toi que je veux ressembler. Maintenant, ramène-moi chez nous dans la Prius. »

47

Bien sûr les années passent, mais j'ai peut-être moins changé que je ne le crois. À bien des égards, je suis encore l'enfant solitaire qui, sur le chemin de l'école, bifurquait vers les champs pour aller s'y allonger et contempler le ciel. Bon sang, quelle est cette mince ouverture que depuis toujours je crois apercevoir tout au fond du réel, ce passage quantique menant il me semble à une vie terrestre plus humainement lumineuse ? J'ai mille fois exposé à Livia cette intuition persistante d'un monde à venir, peuplé d'êtres humains à la fois travaillant à l'amélioration de la vie sur terre et, le corps couché à la renverse, absorbés par l'étourdissante mécanique du ciel. « Oui, mais ça n'est qu'une intuition, me répète-t-elle toujours. Dans les faits, on ne peut pas raisonnablement espérer qu'une majorité de gens accordent autant d'importance à leurs aspirations spirituelles qu'à leur vie matérielle. »

Je ne songeais plus à tout cela quand j'ai entrepris ce matin dans le potager quelques petits travaux nécessaires. J'irai vider demain dans le ruisseau le plein seau de cailloux retirés d'entre les rangées. Les courges, presque arrivées à maturité, ont été retournées d'un quart de tour pour favoriser leur exposition au soleil. J'ai aussi décidé de restreindre l'arrosage des concombres, dont la chair, déjà gorgée d'eau, risque de perdre en saveur. Vers onze heures mon intuition ancienne m'est revenue, et je suis allé m'allonger dans l'herbe avec le chien. Rien ne manquait au ciel : ni ses ronds-points, ni ses grandes places publiques, ni ses voies d'accès, ni sa petite porte entrouverte sur la gauche.

Mon frère est arrivé sur les entrefaites et s'est assis à nos côtés. « Pourquoi diable, s'est-il interrogé, observes-tu sans arrêt le ciel ? » Je n'avais rien d'intelligible à lui répondre, alors j'ai dit : « Je cherche une autre dimension au réel. » Alors il est devenu très pensif et s'est mis lui aussi à observer les nuages mobiles, le soleil qui à cette heure était planté presque à la verticale au-dessus de la maison, la traînée de vapeur blanche que les avions à réaction laissaient dans leur sillage. Mon frère, que les mondes invisibles et informes indisposent, me reproche mon attirance pour les énigmes. « Je n'y peux rien, ajoutai-je comme pour m'excuser : je trouve difficile à supporter l'idée d'une existence limpide, sans prodiges et sans sommets inatteignables, où l'intuition n'aurait plus sa raison d'être. » J'ai senti que mon commentaire le laissait perplexe. Je l'ai vu plisser les yeux, scruter tout à coup ses souvenirs. Ensuite il a prononcé quelques mots qui comme souvent sont venus relativiser ma pensée. « Papa disait : « Quand Dieu a des puces, l'Homme se gratte. » Autrement dit, il n'est pas rare que les mirages débordent dans la sphère du monde physique. Le réel, c'est parfois un truc très imaginaire. »

48

Aujourd'hui mon frère m'a appelé en pleurant pour encore me demander : « Pourquoi ne suis-je jamais heureux ? » Ça vous brisait le cœur d'entendre une chose pareille, mais que pouvais-je lui répondre ? Non, je n'avais pas de réponse à cette question. Puis il m'a dit en étouffant ses sanglots et en s'essuyant le nez cette chose qui m'a un peu surpris : « Tout m'échappe, y compris l'évidence. Ta vie à toi est si *réelle.* Parle-moi de ta vie. » Moi je trouvais que le moment était mal choisi pour braquer le projecteur sur ma personne, et lorsqu'il a vu que j'orientais la conversation sur un sujet à mon avis plus approprié il s'est fâché et m'a sommé de satisfaire à sa demande. « Mais je ne suis qu'un homme ordinaire », ai-je répliqué. Il a dit : « C'est précisément ce qu'il me faut. De la banalité, de l'évidence, de la certitude. Raconte-moi ta vie. »

C'était l'heure où chaque soir le chien doit aller se dégourdir les pattes, alors je suis sorti avec lui et tout en marchant dans la campagne j'ai commencé à parler au téléphone avec mon frère. « Je ne suis qu'un homme toujours ému et étonné par le peu de poids de sa vie, commençai-je, et qui s'efforce de compenser au moins un peu cette légèreté par l'un ou l'autre des contrepoids qui sont à sa portée, la joie par exemple, ou sinon la recherche de la beauté. C'est une affaire entendue : après la mort de papa et maman j'ai survécu au chagrin, et mon âme, il me semble, a été sauvée des eaux et ramenée par une grande crue. Mais pourquoi n'ai-je conservé de cette expérience avec l'infini aucune marque de sagesse ? Et cependant tout pour moi se simplifie, désormais. Il me semble que je pourrais vivre sans beaucoup travailler, sans rêver outre mesure, sans même beaucoup dormir et en ne mangeant chaque jour qu'un morceau de pain. D'autres pensées me préoccupent davantage : souvent, je tremble à l'idée que les animaux cessent de me comprendre, ou simplement qu'ils s'éloignent de ma vie. Et puis, je ne partage pas tellement la crainte de tout le monde concernant le temps qui vient. Je ne doute pas une seconde qu'une fois la crise actuelle passée, le Monde et l'humanité entreront du bon pied dans l'avenir. Mais il me faut toujours pour soutenir cette idée m'armer d'un courage qui parfois me fait défaut. Pour tout dire, je trouve le courage éreintant. Mais chaque fois que j'ai pu le supporter suffisamment longtemps, ça en a valu la peine. Encore une chose pour terminer : j'arrive la plupart du temps à respecter mon destin, seulement, si c'était à refaire, ce n'est pas ainsi que je disposerais les faits le long de mon existence. J'opterais pour un aménagement plus harmonieux, comparable à celui auquel je veille chaque jour dans mon jardin, en m'assurant du voisinage amical des couleurs et des parfums. Je continue presque chaque soir en faisant le bilan de la journée d'être dérouté par cette étrange nature qui est la mienne. Car je demeure en somme un être contradictoire, qui manque de sérieux et de vraisemblance, et qui pourtant aime les attitudes réfléchies, cohérentes et lestées d'un certain poids. C'est tout. »

Mon frère m'a écouté avec une extraordinaire attention. Un assez long silence a suivi, puis il a dit un peu tristement : « Je voudrais tant te ressembler. Comme ça doit être facile d'être quelqu'un d'ordinaire ! » Ensuite il a raccroché. Il faisait nuit noire quand Pablo et moi sommes rentrés à la maison. Livia nous attendait à la fenêtre.

49

Parce que les chevreuils ont dévoré la majorité des grandes fleurs doubles de nos clématites, je suis allé cet après-midi à la pépinière. C'était un bon prétexte non seulement pour remplacer ce cultivar par un autre moins apprécié des faons, mais aussi pour aller saluer mon frère. Je l'ai retrouvé dans la serre, au milieu de l'allée des bégonias, extrêmement concentré, en train de déverser dans les pots la quantité d'eau idéale et préalablement calculée par lui.

Ses premiers mots en me voyant furent saisissants de franchise. « Des millions d'êtres vivent sans amour. Aucun sans eau. Dans ce jardin, chez toi, tu m'as appris à donner les deux. » Je ne m'attendais pas à cette soudaine marque d'affection. Pendant quatre ou cinq secondes, j'ai senti s'emballer le sismographe de mon cœur et décrire l'affolant tracé d'un tremblement de terre. Ça s'est encore aggravé quand mon frère a continué avec ceci : « Tu n'es pas toujours à la hauteur, mais tu es doté d'une grande force intérieure. Moi je suis faible et vulnérable. Mais je me sens aimé par toi, parce que tu ne te sers pas de ma faiblesse pour affirmer cette force. » Après il a repris son arrosoir et, sans rien dire de plus, a encore mouillé avec une précision inouïe la terre de quelques autres bégonias. J'étais si secoué que je l'ai étreint, mais lui est resté raide comme chaque fois que des bras humains l'entourent. J'ignore si c'est utile de le dire puisque, on le voit bien, ce que je raconte dans ces pages est si disparate, mais ma pensée n'est pas toujours fiable. Je tente de mon mieux d'en atténuer les manques en assemblant mes mots de façon à ce qu'une sorte de tendresse se substitue à cette insuffisance de l'esprit. Je voudrais bien me joindre à cette vaste communauté d'écrivains qui écrivent comme s'ils rangeaient des bocaux sur une étagère, mais je n'y parviens pas, et c'est probablement pourquoi il y a dans mes propres livres tant de désordre, de dispersion et de considérations abstraites : la lune au-dessus de l'étang, les chevreuils si mystérieusement pacifiques, l'extrême timidité de la salamandre à quatre doigts qui habite mon jardin, la poignante beauté de Livia, ce genre de choses. Non, je ne peux pas toujours me fier à mon esprit. Qu'importe, au fond : mon frère non plus ne le peut pas toujours, et ça ne l'empêche nullement d'avoir accès à son cœur.

50

Parfois, rien n'arrive et c'est un enchantement. S'endormir sur le sofa avec une oreille de chien sur la joue. Ne rien dire, écouter les gens parler de leur vie, se souvenir, expliquer, retracer en eux-mêmes le trajet qui les a menés où ils sont. S'arrêter, sentir passer en soi l'ombre de quelques regrets, puis continuer à marcher dans le sentier. Le soir très tard, attendre sous le porche le retour du chat en observant la lune. Refaire pour la centième fois l'inventaire de tous ces objets immatériels auxquels je me cogne chaque jour. Repenser à mon père qui chante dans son vieux complet démodé, à tous ces gens debout à ses côtés dans l'au-delà et qui tiennent leur cœur dans les mains. S'arrêter chez mon frère pour lui remettre dans un plat de céramique un repas préparé par Livia. Passer une heure en compagnie des vaches laitières de monsieur et madame Vermeulen et ensuite rentrer à la maison, la même depuis vingt ans, y retrouver les êtres et les choses qui permettent de faire chaque jour le nécessaire pour que l'âge ne soit qu'un obstacle mineur.

Peu à peu les jours passent. Pablo, dont nous avons sobrement souligné hier le sixième anniversaire, continue de corriger comme il le peut la trajectoire de sa vie, de donner à son histoire animale une courbure de fleur. J'ai repensé à son enfance, à son étourderie typique des esprits vertigineux. Je m'émerveille que du chiot à l'intelligence un peu endormie soit sorti un être à ce point réfléchi, capable du parfait usage de sa pensée. La vieillesse pour lui est peut-être moins loin qu'on le pense, et ses ardeurs désormais plus tardives, ses hâtes disparues, l'obligent à réagir. Il répond à cette fatigue graduelle du corps en faisant de son métier de chien une entreprise de reconstruction. Je le vois s'appliquer depuis peu à rétablir dans sa vie ce qui par degrés se défait de l'intérieur. Je sens le souffle chaud d'un museau sur mon mollet. Il me suit de plus près qu'avant dans le sentier, il s'inquiète de me voir plus silencieux qu'avant, il cherche à me faciliter les choses. On m'a cru un peu cinglé lorsque j'ai soumis autour de moi cette hypothèse, mais je ne changerai pas d'idée : je suis presque sûr qu'en vieillissant mon frère adopte sensiblement la même méthode que mon chien et que, par l'amour qu'il tente de son mieux de me témoigner, il répare en lui quelque chose de brisé.

51

À vingt-cinq ans lorsque j'ai achevé mes études littéraires, je comptais naïvement devenir écrivain dans l'année. Dix ans de plus m'ont en réalité été nécessaires, au cours desquels j'ai écrit chaque jour une page, une seule, parce que j'avais besoin d'embrasser d'un coup d'œil l'ensemble de mes phrases, de veiller, en limitant leur nombre et leur complexité, à ce que chacune ne déborde pas trop tôt dans les labyrinthes du songe. C'est un conseil que je donne parfois aux jeunes gens qui commencent dans ce métier (si c'en est un) : appuyez-vous sur le regard bien davantage que sur l'imagination. Soyez peintres avant d'être poètes. De façon générale je m'accommode du temps qui passe, mais avec l'âge je ne suis pas toujours sûr que la page que j'écris encore quotidiennement soit l'œuvre de l'écrivain réaliste que je tente d'être. J'y rencontre de plus en plus l'espèce d'imprécision dont je me suis toute ma vie détournée :

la silhouette approximative du bonheur, la coïncidence fuyante du hasard et de la volonté, les images toujours plus ou moins trompeuses de l'avenir. Peut-être un temps viendra où je n'écrirai plus que des phrases très mystérieuses, pleines de symboles et de métaphores. Mon frère dira : « Tu es un poète, à présent », et peut-être nos rapports en seront-ils transformés parce que la poésie sera devenue entre nous deux une espèce de territoire commun, une façon conjointe de tenter de déchiffrer l'énigme du Monde.

52

Hier, les employés de la coopérative se sont mis en grève. Dès l'aube, une quinzaine d'hommes en colère et brandissant leurs pancartes formaient devant l'entrepôt un petit attroupement bruyant et bigarré. Livia a insisté pour que j'aille, en signe d'appui, leur porter un plein panier de pommes. Toujours soucieux de faire prendre l'air à mon frère, je l'ai appelé et lui ai demandé de m'accompagner. Il devait être dans les neuf heures lorsque j'ai immobilisé l'auto devant la ligne des grévistes et que nous sommes débarqués avec notre chargement de fruits.

Pour tout dire, mon frère n'en menait pas large : ces ouvriers aux épaules carrées, leurs cris, leurs poings levés, leurs slogans tapageurs écrits en lettres de feu sur les pancartes, tout cela était perçu par lui comme une menace. Aucun de ces paysans doux et débonnaires n'aurait bien sûr fait de mal à une mouche, mais les schizophrènes sont des gens facilement troublés par certaines crispations de la figure humaine. J'ai cru le tranquilliser en lui rappelant que nous venions en amis et que la petite foule rassemblée là le savait et en tiendrait compte. Seulement, nous n'avions pas fait trois pas hors de la Prius que j'entendais mon frère hurler « Feu ! » et que je le voyais, désemparé au possible, puiser dans le panier et commencer à lancer puissamment nos pommes sur les hommes alignés là. Chaque tir était ponctué par lui d'injures parfaitement inappropriées. « Allez-vous-en ! Que me voulez-vous ? Je suis innocent ! » criait-il, sa face rougie par la fureur. Je tentais, en m'interposant entre lui et ses cibles, de limiter les effets de cet accès de paranoïa. Mais le barrage créé par mon corps et par mes claironnantes exhortations au calme ne suffisait guère, et derrière moi les grévistes abasourdis prirent le relais. Trois gorilles s'emparèrent de mon frère et jetèrent sur le sol ce mince corps encombré d'ombres et de secrets. On le sait à présent : il m'est arrivé souvent de sentir que mes yeux ne me donnaient pas de la réalité une image aussi fidèle que prévu. Mais je jure que j'ai vu hier matin l'esprit de mon frère sortir de ce corps-là et aller doucement se loger dans celui d'un petit oiseau (un roitelet ?) qui, perché sur le toit de l'entrepôt, observait la scène.

Un calme relatif est finalement revenu dans les esprits et dans les rangs des grévistes. Puis nous sommes retournés chez lui. Là-bas, j'ai passé la journée à nettoyer, à laver la vaisselle accumulée dans l'évier, à faire du rangement, à tenter de rendre un peu plus habitable cet appartement incroyablement désordonné. Le soir est venu, et mon frère s'est retiré dans sa chambre pour dormir. Je suis resté pour lire un peu puis, vers les onze heures, j'ai tout éteint, je me suis étendu sur le sofa et au bout de quelques minutes j'ai pris la décision d'y passer la nuit.

J'ai entendu jusqu'à l'aube mon frère se tourner entre les draps, se lever, faire et refaire, à pas lents, le court trajet entre le lit et la fenêtre, comme s'il guettait la venue d'un visiteur retardé par quelque imprévu. Aux premières lueurs de l'aube j'ai quitté le sofa et suis allé le retrouver. Il m'a paru plus vieux que d'habitude, et comme vacillant. Pour déjeuner, je lui ai préparé cette soupe en sachet qu'il aime tant et que Livia et moi ne lui permettons, en principe, qu'à son anniversaire. L'appétit lui manquait, mais il a accepté de manger pour me faire plaisir. Assis à table avec lui, je passais mes doigts dans sa chevelure comme toujours indomptée. Et comme toujours aussi, j'échafaudais des plans pour agrémenter le plus possible sa vie. Mais l'étroit passage que j'aménageais dans ma propre peur n'aboutissait qu'à un mur. Le jour se levait tout à fait, maintenant. Je l'ai quitté en lui faisant promettre, sans y croire une seconde, de prendre ses médicaments.

53

Assez souvent, ses crises de paranoïa sont aggravées par sa conviction que tout le monde lit dans sa pensée. « À force d'être dépouillé de mes secrets, j'ai peur qu'à la fin il ne reste plus de moi qu'une enveloppe, un corps creux, comme un poulet qu'on a évidé », m'a-t-il confié un jour, au sortir d'une de ces périodes de grand désordre psychique. Cette image terrifiante de mon frère changé en poulet évidé m'a hanté longtemps, et encore à présent j'évite autant que possible de mettre de la volaille à mon menu. Mais elle n'en demeure pas moins révélatrice de la façon dont il conçoit ses rapports avec autrui : comme un danger, une gigantesque machine à purger qui sans cesse menace de lui prendre sa vie intérieure, et ce qui lui reste d'équilibre mental. « Je crois, me répète-t-il régulièrement, que la société tente de m'avaler à partir du dedans. Quand ce sera fait, je m'effondrerai aussi sûrement qu'une maison privée de sa charpente.

Car à quoi diable s'appuyer lorsqu'il n'y a plus rien en soi-même, et que tout le reste menace de céder sous le poids écrasant du regard d'autrui ? »

54

Si mes parents me visitent si souvent durant mon sommeil, c'est peut-être parce qu'ils sont moins morts qu'il n'y paraît. Ça y est, j'entends déjà mon frère m'accuser de manquer de réalisme. Mais, bon sang, ce n'est pas de ma faute si l'esprit que j'ai refuse depuis toujours de se contenter des limites connues du réel. La seule façon socialement acceptable que j'ai trouvée de faire vivre cette part de moi-même qui entrevoit « autre chose » que ce que les sens nous montrent, c'est de devenir écrivain. Mais je manque de crédibilité. On me prend pour un rêveur, ou un amuseur, alors que je me tue à décrire dans des livres ce que je perçois comme une pure réalité. Pfft. Toujours est-il que, il y a deux jours, j'ai revu mes parents en songe. Mon père comme d'habitude était d'excellente humeur, et tenait à me faire écouter quelques-uns de ses meilleurs trente-trois tours. Maman arrosait les plantes, s'inquiétait de ma santé avec une sorte de tendresse puissante. Ces images irréellement précises m'ont accompagné pendant tout le jour. La nuit suivante, j'ai retrouvé mes parents là où je les avais laissés, et repris avec eux le plus naturellement du monde la conversation entamée la veille. À table ce soir, quand j'ai raconté tout cela à mon frère, je l'ai vu sourire avec bienveillance. Je voyais bien qu'il n'attachait pas beaucoup d'importance à ces visions de petit enfant ébloui. Mais au-dessus de la maison brillaient plus que les autres deux étoiles connues de moi seul.

55

Un accident terrible a fait quatre morts dans la courbe de la Croix-Blanche. À en juger par le profond silence qui paraît-il a suivi la collision entre l'auto et le chêne, les morts à mon avis ont dû vite quitter les lieux. Un peu à cause de cela, je suis allé au presbytère avec mon frère rencontrer le curé Lalanterne et lui ai suggéré de célébrer une messe pour eux. Les rites religieux m'indisposent, mais je me mettais à la place des disparus. J'ai plaidé auprès du curé que c'était en somme un bon moyen de dire collectivement adieu à ces gens partis en hâte. Mon frère ne disait rien mais je le sentais agacé, je m'apercevais qu'une fois de plus il trouvait un peu simplistes mes idées sur la vie, l'au-delà et les choses de la religion, qu'il y avait dans ma conception de ces choses-là, pour l'athée un peu compliqué que j'étais, quelque chose de contradictoire.

Hommes, femmes, enfants et chiens, pratiquement tous les habitants du village sont en tout cas venus se rassembler sous le chêne meurtrier. Les prières, la lecture du saint Évangile et l'homélie provoquèrent dans les esprits leur habituel effet de rêveries inattentives et vagabondes. Mais la communion et le petit vin servi à la fin transformèrent ce rassemblement un peu sévère en un émouvant témoignage de solidarité humaine. Madame Vermeulen, qui chante fort bien, en fit pleurer plusieurs avec sa bouleversante interprétation de *Gloire à Dieu qui nous conduit.* Le bouddhiste Chung, que le vin rouge réconcilie avec toutes les religions, évoqua avec beaucoup de sentiments la parenté pour lui évidente entre la doctrine de Jésus et celle de Siddhartha Gautama. Mon frère restait à l'écart et paraissait singulièrement absorbé par la lecture d'un très vieil exemplaire des *Méditations poétiques,* d'Alphonse de Lamartine.

La réunion s'étira, joyeuse, jusqu'au crépuscule. Ce fut beau de voir tous ces gens un peu trébuchants reprendre ensuite la route ensemble dans la lumière pâlissante du jour, les uns appuyés sur les autres comme des ivrognes ou des frères depuis longtemps séparés. Impatients de rentrer à la maison, Livia, mon frère et moi avons pris par le raccourci des Douaniers. Pablo pour sa part traînait loin en arrière, hésitait, se retournait sans cesse comme s'il avait laissé quelqu'un sous le chêne.

56

J'étais dans la grange lorsque le curé Lalanterne est arrivé pour me voir. « J'ai aimé l'autre jour que vous preniez l'initiative d'organiser cette messe, commença-t-il. Je vois en vous un solide motivateur. Or l'église du village se vide de ses fidèles. Que diriez-vous d'agir à titre de bénévole, d'aller de porte en porte et de raviver la flamme des paroissiens, de faire auprès d'eux la promotion de la vie spirituelle ? » J'ai laissé là mon rabot et la planche que j'étais en train d'aplanir. Mon frère, qui quelques mètres plus loin réparait un râteau, s'est approché et a dit ceci : « Qu'entendez-vous par ces mots, *vie spirituelle ?* » Le curé s'est rembruni un peu, je crois qu'il comptait sur une réaction plus volontaire de notre part, un enthousiasme plus hardiment catholique. Je suis sûr que mon frère alors a pensé très fort aux quatre morts dans la collision avec le grand chêne. Il a dit encore : « Si vous voulez mon avis, ça n'est pas la vie spirituelle des gens qui fout le camp. C'est la poésie. La poésie n'est pas un genre littéraire, elle est l'expérience de la vie par l'esprit, le pressentiment aveuglant que l'existence même la plus fragile, la plus diminuée ou la plus impuissante vaut la peine qu'on s'y intéresse vraiment. » Puis il a fait une longue pause durant laquelle nous sommes tous les trois restés silencieux. Le curé particulièrement paraissait un peu ébranlé, mais une sorte de tendresse pensive adoucissait les traits de son visage. « Pour être tout à fait franc, poursuivit alors mon frère, je ne suis pas du tout certain qu'il faille *promouvoir* ça. Faites en sorte quand vous célébrez la messe de bien discerner le réel de l'illusoire, et concentrez-vous sur le réel. Vous verrez : le dimanche, les gens se précipiteront à l'église. »

57

Des policiers sont venus ce soir frapper à notre porte. « On a dû embarquer votre frère et l'emmener à l'hôpital, a dit le plus grand des deux. Au village, il est monté Dieu sait comment sur le toit de l'église et a menacé pendant une heure de se jeter dans le vide. On a réussi à le sortir de là, mais je vous suggère de passer le voir. Il ne va pas bien du tout. »

J'ai sauté dans la Prius et me suis précipité à l'hôpital Saint-Georges où mon frère avait été admis et placé sous bonne surveillance. Les visites au département de Psychiatrie n'étaient autorisées qu'à la condition d'être brèves. Je n'ai pas profité de ce peu de temps pour tenter de raisonner mon frère, ni pour mieux comprendre son geste, ni même pour le rassurer. Je ne souhaitais qu'être auprès de lui, et qu'il sente que sa solitude n'était pas aussi totale qu'il l'imaginait. Lui-même était fort peu bavard. Mais je devinais que s'il ne parlait guère, et paraissait si *absent*, c'était parce que son attention était encore une fois absorbée par ces maudites voix si destructrices à l'intérieur de lui-même. Les puissants médicaments qu'on lui avait administrés finirent cependant par produire leur effet. Il est devenu plus calme. Une espèce de lucidité troublée s'est alors emparé de lui.

Il y a quarante-trois ans ce mois-ci que j'ai renoncé à Dieu. Les mots de mon frère pourtant m'ont presque laissé croire en une intervention divine : « *Ils* m'ont dit que j'étais nul. Que je ne méritais que de me jeter en bas du toit. Je ne sais pas ce qui m'a empêché d'écouter ces voix et de mettre leur plan à exécution. Peut-être est-ce quand on n'a plus d'espoir qu'il ne faut désespérer de rien. »

58

Aujourd'hui j'ai consacré deux ou trois heures à répartir dans le jardin la terre nouvelle que j'ai fait livrer par camion de la pépinière. Parce que le chien refusait de se déplacer, j'ai dû manœuvrer autour de lui avec ma pelle. À la fin, il n'est plus resté que ce fainéant endormi sur son monticule. Ensuite je suis allé dans la maison ouvrir la dernière bouteille et je suis ressorti avec mon verre, une chaise et la vieille caisse à oranges pour poser mes pieds. Le soleil était haut et quelques oiseaux hésitant quant à la direction à prendre survolaient la maison, jetaient sur nous, en passant, des regards obliques. On apercevait aussi dans la forêt toute proche de petits animaux (écureuils, tamias rayés, lièvres) sortis des terriers et qui sans raison apparente couraient entre les arbres. Après deux verres de vin je me suis demandé si ma vie allait durer longtemps. C'est une question qui me revient souvent lorsque j'ai peur de perdre mon bonheur.

Pendant une minute ou deux j'ai eu peur aussi de cesser d'être aimé, voilà ce qui vous arrive quand vous avez eu une enfance insatiable. Et soudain je n'ai plus pensé à ces choses-là parce que le chien, en se retournant dans son sommeil, a dégringolé de son monticule. C'était trop drôle de le voir rouler ainsi, comme une grosse pierre dans un éboulis. Ensuite il s'est remis sur ses pattes puis il est venu se blottir contre ma jambe, et pour la cinquième ou sixième fois de la journée j'ai été plus heureux que prévu.

Encore une demi-heure a passé et mon frère est arrivé sur sa bicyclette. Sans un mot, il est allé chercher une autre chaise dans la cuisine et est revenu s'asseoir à mes côtés. C'était un de ces jours où il n'a besoin ni de parler, ni de manger, ni de boire ou de dormir. Ma présence semblait lui suffire. Alors je n'ai rien dit, ne lui ai rien offert à manger ou à boire, et me suis contenté de mêler confusément aux siens mes propres songes. Je le devinais en train de réparer en lui quelque chose, d'ajuster son destin en fonction du temps qui lui était imparti, comme on arrange un bouquet un peu fané sur le col d'un vase. Comme pour lui, cette question du temps qui fuit continuait d'occuper en moi une pensée sur trois. Je me disais que je ne serai pas toujours là pour m'émouvoir de la secrète réverbération du ciel, du tranquille balancement d'un arbre, du calme rassurant d'un visage ou de la beauté d'une page. Ce que j'aimerais, c'est continuer à vieillir de cette façon en définitive si humaine, je veux dire : toujours à la périphérie de la joie et de la peine, l'une se déversant dans l'autre et réciproquement, en quelque sorte.

59

Je ne me lasserai pas d'être en compagnie de mon frère. Il se peut que ce soient mes années de proximité avec les fleurs et les arbres qui me poussent à faire ce parallèle bizarre, mais je sens à ses côtés que mon esprit et mon caractère se tournent naturellement vers la lumière, à la manière d'un lys ou d'un géranium. Je n'essaye pas de dire que la nature humaine se compare aux oscillations d'une fleur, mais il me faut bien reconnaître aujourd'hui qu'une part importante de mon plaisir de vivre repose sur cette idée d'une espèce de soleil étranger, se consumant hors de moi, et dont le déplacement oriente ma vie. J'ai remarqué récemment que cette impression prenait d'autant plus d'ampleur avec la perspective de la vieillesse. Je prends mes distances par rapport à l'homme jeune que j'ai été. Je trouve assez embêtant de ne pouvoir prononcer le mot *mort* sans passer pour un trouble-fête, mais comment faire autrement ? Ce n'est pas ma faute si la vie est si brève que je doive, pour favoriser le plus possible ma joie, sans cesse mesurer le temps qui me reste.

À ce propos, j'ai pour la première fois rêvé l'autre nuit que mon frère était mort et que j'allais le visiter au petit cimetière. Le soleil était déjà droit dans le ciel quand je l'ai vu de loin, nonchalamment appuyé sur sa tombe. En m'apercevant il s'est redressé, puis il a agité son chapeau en me faisant signe d'approcher. Les retrouvailles ont été émouvantes. Les paroles que je lui adressais étaient tendres et précises, comme doivent obligatoirement l'être les mots qui cherchent à saisir les secrètes raisons du bonheur. « Dans la mort, les choses ne sont pas foncièrement différentes, commença-t-il. Je suis porté autant qu'avant à demeurer à l'écart des gens, comme si mon esprit, peu importe son habitat, restait celui d'un animal un peu sauvage. » Je lui ai demandé s'il lui arrivait de rencontrer papa et maman. « Bien sûr, dit-il. Sur le plan des rapports humains, papa ne me ressemble pas tellement. Il aime beaucoup côtoyer les morts. Plusieurs lui inspirent confiance, et un certain nombre d'entre eux l'émeuvent. Maman est plus timide, mais elle sait indéniablement comment se comporter en société. » Après il y a eu un moment de profond silence. Plus tard, une question m'est venue : « Y a-t-il des idiots dans la mort ? » demandai-je, un brin d'herbe entre les lèvres. « Pas de doute là-dessus », répondit-il sans hésiter. Nous nous promenions dans les allées, ou en zigzags au milieu des tombes bien alignées. Ce qui me plaisait, c'était que mon frère ne paraissait ni apeuré, ni vaincu. C'était en somme une journée formidable.

60

À vingt-huit ans, j'ai rencontré une jeune femme silencieuse, timide et mystérieuse, avec laquelle j'ai vécu depuis. En m'éveillant le matin j'aimais lui raconter ce songe que je faisais souvent d'une époque très futuriste où les robots sont si intelligents qu'ils ne veulent rien faire de la journée. J'avais été attiré par ses yeux se refermant le soir comme de belles plantes aquatiques. Je découvrais à présent dans ce regard vaste et déjà vieux, tourné vers le nord magnétique, une espèce de méditation chargée d'astres et de fleurs. Nous tâchions de ne pas gaspiller le temps qui nous était donné, d'entretenir de notre mieux l'insondable amitié du chien qui nous observait vivre. Nous n'étions pas des activistes, mais il nous arrivait de souhaiter descendre dans la rue afin de brandir pacifiquement des pancartes couvertes de mots comme *Au milieu de l'hiver, j'ai découvert en moi un invincible été*, ainsi que l'écrivait Albert Camus en 1954.

J'aimais le sérieux de son cœur, un peu triste comme une fleur piétinée. À un moment j'ai commencé à écrire de gros romans un peu obscurs. Elle m'apprenait à développer un esprit plus pratique, basé sur la poésie moléculaire du monde physique. Le soir, à la faveur du feu de camp, nous écoutions ensemble les bruits de la forêt, la télégraphie planétaire des insectes. Plus tard dans la nuit, je levais le bras et traçais pour elle dans le ciel la trajectoire des quelques étoiles familières se déplaçant au-dessus de notre maison, le long de leur grand boulevard stellaire. Récemment j'ai aperçu au coin de ses yeux de petites rides durables et je me suis souvenu que, depuis le début, d'autres s'y formaient momentanément quand elle riait, comme si durant toutes ces années le bonheur s'était exercé à laisser sa trace.

Nous avons au fil des ans examiné tous les deux bien des sujets, y compris celui de la beauté comme une indication donnée par la nature qui nous signifie que la vie a du sens. Tout ce temps en définitive puisé à même l'avenir a fini par nous lier indissociablement. Il faut admettre que nous avions dès le départ beaucoup de choses en commun : l'humour et son regard d'entomologiste, des défaites irradiantes, des songes à peine nés, des chagrins avec leurs grandes mains de saint Christophe, des bonheurs perdus, retrouvés puis remis sur leur trente-et-un.

Un jour, un lecteur m'a écrit une longue lettre fraternelle et passionnante pour me relater les circonstances dans lesquelles tout son monde intérieur s'était pour la première fois mis en ébullition. Je veux seulement dire que, en ce qui me concerne, ces circonstances sont venues il y a ma foi peu de temps, lorsque j'ai compris que j'allais passer le reste de mes jours auprès de cette femme pleine de profondeur terrestre et d'infini. C'est en somme pourquoi nous nous sommes mariés, il y a deux ans, dans notre jardin, en compagnie de mon frère et de son patron, du docteur Dumontier, de monsieur et madame Vermeulen, de monsieur et madame Chung et de quelques autres amis, de notre chien Pablo, du chat Lennon et, sans doute aussi, de deux ou trois chevreuils intrigués, dissimulés entre les branches. Je m'en voudrais de laisser croire que nous avons, depuis, renoncé à notre pragmatisme habituel, si plein de pensée utilitaire et de rêves réels, mais après avoir tout vécu, n'est-il pas beau de se dire, non pas devant Dieu mais devant cinq ou six personnes que nous aimons plus que les autres, que nous souhaitons continuer de vivre ensemble jusqu'à ce que la mort nous sépare ?

61

Les croyances bien entendu valent ce qu'elles valent, et dans l'ensemble on ne peut s'en remettre qu'aux faits. Ce que disent la science et l'observation rigoureuse, ce que nous dictent la pensée rationnelle et la méthode demeurent l'appui le plus sûr pour expliquer le Monde et la Vie : tout esprit sensé admet cela. Mais on oublie que la logique et l'intelligence ne sont pas en contradiction avec le pressentiment, qui au contraire leur ouvre la voie. Je ne parle pas des présages, ou des prédictions, toujours mêlés de superstition, mais de ce sentiment instinctif, irraisonné, de cette sorte d'ivresse de l'expérience qui veut témoigner de la primauté de l'esprit et de la joie. Je tente de mon mieux de faciliter cette joie entre mon frère et moi, de collaborer à cette fusion de deux esprits qui, malgré tout ce qui les sépare, s'étonnent au même moment de l'agitation du Monde et s'émeuvent d'un bourdonnement de guêpe.

Ce n'est peut-être pas un hasard si mon frère vient presque chaque jour s'asseoir sur le petit banc de bois de mon jardin, puis s'abîme dans la contemplation des allées bien droites et bordées de fleurs. Je reconnais dans ces rendez-vous si ponctuels l'attitude d'un passant apaisé par le spectacle d'un monde remis bien en ordre.

Comme écrivain, mon objectif demeure le même : évoquer la figure intérieure, les mécanismes secrets qui interviennent dans l'agencement des actions, et sans lesquels il n'est peut-être pas de vraie destinée humaine. Je me serai consacré à cette recherche : il n'y a pas d'époque de mon existence qui n'ait été imprégnée de cette volonté d'une descente en l'humain. L'enfance même n'y a pas échappé : le sentiment d'un monde invisible auquel l'intuition donne une forme, l'étonnement de trouver en chaque personne les paysages cachés que les sens ne perçoivent pas, mais que l'effort de compréhension illumine soudainement, tout cela était déjà présent au milieu de mes jeux d'autrefois. Si, aux turbulences de la foule, j'ai presque toujours préféré les remous de l'être, c'est sans doute justement parce que je sentais que le puits des premières s'alimentait à la source des seconds. Et c'est pourquoi la présence de mon frère à mes côtés m'est si précieuse. J'y redécouvre jour après jour ce débordement de l'âme qui précisément éclabousse ma vie. Ça n'est pas que l'âme de mon frère soit spectaculaire. Mais ce qui me plaît, c'est qu'elle cherche un passage vers le jour. Les oiseaux aussi font cela. Dans les derniers instants de la nuit, à l'heure du dur combat entre l'ombre et la lumière, ils s'envolent des nids et partent à la rencontre du soleil, comme pour en précipiter la venue.

62

Sur le petit chemin de terre menant à la maison, j'ai encore une fois rencontré l'autre soir mon avenir. Ce qui m'a étonné surtout, c'est de le trouver si différent du passé. J'ai eu mes virages serrés, mes bifurcations, mes pentes abruptes, mes sommets inatteignables. J'ai traîné avec moi ma charge d'obscurités, et affronté déjà deux ou trois dangers mortels. J'ai mes disparus, mes tombes sur lesquelles je vais déposer des gerbes. Mais il ne subsiste de toutes ces choses qu'un éclairage diffus, un faible contrepoids de lumière. Si tout se passe comme je l'espère, l'arrivée dans la vieillesse accentuera un peu plus ce timide soleil. Les derniers temps serviront surtout, j'imagine, aux ultimes retouches. Je me réjouis en tout cas de m'être débarrassé de tout ce qui dans la jeunesse m'avait encombré : la méconnaissance de l'âme, la pauvreté de la pensée, la brièveté de l'amour, la vitesse.

À un moment j'ai aperçu la maison se profiler au loin. Pablo, qui m'avait attendu toute la journée dans l'allée, est accouru à ma rencontre. Le grand corps athlétique, en se jetant sur moi, m'a fait rouler dans l'herbe. J'entendais au milieu de la brève bataille amicale qui a suivi les grognements de bonheur de ce chien encore vigoureux. Puis nous sommes restés un instant allongés, le temps de reprendre notre souffle. À l'ouest, le soleil glissait lentement sur le versant de la montagne. Je songeais encore une fois que le temps bien sûr m'était compté, mais qu'à tout prendre il m'en restait encore beaucoup. J'avais le sentiment d'entrer dans la dernière partie de ma vie comme on se glisse dans un soir d'été.

63

J'étais encore sous les draps quand j'ai demandé à Livia : « À quoi sert l'art, aujourd'hui, dans ce monde où nous vivons ? » Elle achevait d'enfiler sa robe lorsqu'elle m'a dit : « Il me semble que c'est une sorte d'acte de résistance. Rien de prodigieux. Pour tout dire, je crois que la peinture, la littérature, la photographie, la musique ou le cinéma, toutes ces choses-là, pour la plupart, ne contribuent que très modestement à la bonne marche du Monde. Les œuvres d'art ne sont qu'un signal, un phare émettant une faible lueur au milieu de la nuit. Faible, oui. Mais c'est la seule dont nous disposions. »

C'est ce qui explique il me semble qu'il n'y a presque rien dans ce livre que j'ai terminé d'écrire il y a trois jours, juste une histoire au fond très simple de jardins qu'on soigne et qu'on arrose, de saisons qui passent et de gens quelquefois malheureux, c'est vrai, mais en paix relative avec leurs regrets, sans peur exagérée de l'avenir, et qui s'étonnent ensemble de la brièveté de leur existence. Et puis, entremêlée à celle de ces gens ordinaires, l'histoire aussi d'un homme à la tête pleine d'ombres et de secrets, mais au sommet de laquelle filtre un mince rai de lumière, un roitelet, qui plus douloureusement que les autres se trouble des transformations qui s'opèrent en lui.

« La vie passe, m'a dit ce matin mon frère une fois achevée sa lecture de mon manuscrit. La vie passe, banale, insignifiante, et pèse pourtant à ce point sur la pensée, le caractère et l'âme qu'elle finit par leur donner une raison d'être. Oui, presque rien n'arrive dans cette histoire, mais tout y a un sens. »

Sainte-Adèle (Québec)
Automne 2020

Pour joindre l'auteur :
jfbeauchemin@aol.com

DU MÊME AUTEUR

Aux Éditions Québec Amérique

COMME ENFANT JE SUIS CUIT, 1998, nouvelle édition, 2017.

GARAGE MOLINARI, 1999, nouvelle édition, 2017.

LES CHOSES TERRESTRES, 2001, nouvelle édition, 2017.

MON PÈRE EST UNE CHAISE, 2001.

LE PETIT PONT DE LA LOUVE, 2002.

LE JOUR DES CORNEILLES, 1re édition, Éditions Les Allusifs, 2004, nouvelle édition, Éditions Québec Amérique, 2023. Prix France-Québec / Jean Hamelin 2005, Prix du livre francophone de l'année 2005.

TURKANA BOY, 2004.

LA FABRICATION DE L'AUBE, 2006, nouvelle édition, 2016. Prix des libraires du Québec 2007.

CETTE ANNÉE S'ENVOLE MA JEUNESSE, 2009.

LE TEMPS QUI M'EST DONNÉ, 2010.

LE HASARD ET LA VOLONTÉ, 2012.

QUELQUES PAS DANS L'ÉTERNITÉ, 2013.

ARCHIVES DE LA JOIE, 2018.

SALE TEMPS POUR LES ÉMOTIFS, 2019.

LE ROITELET, 2021 (Folio nº 7304).

TROIS ANS SUR UN BANC, 2022.

LE VENT LÉGER, 2023.

Chez d'autres éditeurs

VOICI NOS PAS SUR LA TERRE, Éditions du Noroît, 2006.

QUAND LES PIERRES SE MIRENT À RÊVER, Éditions du Noroît, 2007.

FARDEAUX DE MÉSANGES, Éditions de l'Hexagone, 2013.

OBJETS TROUVÉS DANS LA MÉMOIRE, Leméac Éditeur, 2015.

UNE ENFANCE MAL FERMÉE, Leméac Éditeur, 2015.

LE PROJET ÉTERNITÉ, Leméac Éditeur, 2016.

J'ATTENDS JOSÉPHINE, Leméac Éditeur, 2017.

LA SOURCE ET LE ROSEAU, Éditions Druide, 2021.

Tous les papiers utilisés pour les ouvrages des collections Folio sont certifiés et proviennent de forêts gérées durablement.

Composition Nord Compo
Impression Novoprint
à Barcelone, le 25 juin 2024
Dépôt légal : juillet 2024
1er dépôt légal dans la collection : décembre 2023

ISBN 978-2-07-303815-9 / Imprimé en Espagne

643493